dtv

›Bei Durchsicht meiner Bücher‹ war das erste Buch von Erich Kästner, das nach dem Ende des Zweiten Weltkrieges wieder in Deutschland erschien. Kästner wählte dafür aus den vier bis 1932 veröffentlichten Gedichtbänden die Verse aus, die ihm am wichtigsten waren. Was ursprünglich als »prophetischer« Ausblick konzipiert war, erschien nun als geschichtlicher Rückblick. Die vorwiegend politischen Gedichte zeigen, wie es vor 1933 in Deutschland aussah. Und sie zeigen auch, wie Kästner zu warnen versuchte: »Satiriker können nicht schweigen, weil sie Schulmeister sind. Und Schulmeister müssen schulmeistern. Ja, und im verstecktesten Winkel ihres Herzens blüht schüchtern und trotz allem Unfug der Welt die törichte, unsinnige Hoffnung, daß die Menschen vielleicht doch ein wenig, ein ganz klein wenig besser werden könnten ...«

Erich Kästner, geboren am 23. Februar 1899 in Dresden, studierte nach dem Ersten Weltkrieg Germanistik, Geschichte und Philosophie. 1925 Promotion. Neben schriftstellerischer Tätigkeit Theaterkritiker und freier Mitarbeiter bei verschiedenen Zeitungen. Während der Nazizeit hatte er Publikationsverbot und schrieb vor allem Drehbücher. Von 1945 bis zu seinem Tode am 29. Juli 1974 lebte Kästner in München und war dort u.a. Feuilletonchef der ›Neuen Zeitung‹ und Mitarbeiter der Kabarett-Ensembles ›Die Schaubude‹ und ›Die kleine Freiheit‹.

Erich Kästner

Bei Durchsicht meiner Bücher

Eine Auswahl aus vier Versbänden

Deutscher Taschenbuch Verlag

Ungekürzte und mit der Erstausgabe von 1946
verglichene Ausgabe
Januar 1989
5. Auflage April 1999
Deutscher Taschenbuch Verlag GmbH & Co. KG,
München
Lizenzausgabe mit freundlicher Genehmigung des
Cecilie Dressler Verlags, Hamburg

Umschlagkonzept: Balk & Brumshagen
Umschlagbild: ›Die gelbe Konsole mit 2 Fenstern‹ (1948) von
Raoul Dufy (© VG Bild-Kunst, Bonn 1997)
Gesamtherstellung: C. H. Beck'sche Buchdruckerei,
Nördlingen
Gedruckt auf säurefreiem, chlorfrei gebleichtem Papier
Printed in Germany · ISBN 3-423-11002-3

Inhalt

Vorwort

Mein erstes Buch, der Gedichtband ›Herz auf Taille‹, erschien Ende 1927. Und im Jahre 1933 wurden meine Bücher in Berlin, auf dem großen Platz neben der Staatsoper, von einem gewissen Herrn Goebbels mit düster feierlichem Pomp verbrannt. Vierundzwanzig deutsche Schriftsteller, die symbolisch für immer ausgetilgt werden sollten, rief er triumphierend bei Namen. Ich war der einzige der Vierundzwanzig, der persönlich erschienen war, um dieser theatralischen Frechheit beizuwohnen.

Ich stand vor der Universität, eingekeilt zwischen Studenten in SA-Uniform, den Blüten der Nation, sah unsere Bücher in die zuckenden Flammen fliegen und hörte die schmalzigen Tiraden des kleinen abgefeimten Lügners. Begräbniswetter hing über der Stadt. Der Kopf einer zerschlagenen Büste Magnus Hirschfelds stak auf einer langen Stange, die, hoch über der stummen Menschenmenge, hin und her schwankte. Es war widerlich.

Plötzlich rief eine schrille Frauenstimme: »Dort steht ja Kästner!« Eine junge Kabarettistin, die sich mit einem Kollegen durch die Menge zwängte, hatte mich stehen sehen und ihrer Verblüffung übertrieben laut Ausdruck verliehen. Mir wurde unbehaglich zumute. Doch es geschah nichts. (Obwohl in diesen Tagen gerade sehr viel zu »geschehen« pflegte.) Die Bücher flogen weiter ins Feuer. Die Tiraden des kleinen abgefeimten Lügners ertönten weiterhin. Und die Gesichter der braunen Studentengarde blickten, den Sturmriemen unterm Kinn, unverändert geradeaus, hinüber zu dem Flammenstoß und zu dem psalmodierenden, gestikulierenden Teufelchen.

In dem folgenden Jahrdutzend sah ich Bücher von mir nur die wenigen Male, die ich im Ausland war. In Kopenhagen, in Zürich, in London. – Es ist ein merkwürdiges Gefühl, ein verbotener Schriftsteller zu sein und seine Bücher nie mehr in den Regalen und Schaufenstern der Buchläden zu sehen. In keiner Stadt des Vaterlands. Nicht einmal in der Heimatstadt. Nicht einmal zu Weihnachten, wenn die Deutschen durch die verschneiten Straßen eilen, um Geschenke zu besorgen. Zwölf Weihnachten lang! Man ist ein lebender Leichnam.

Es hat zwölf lange Jahre gedauert, bis das Dritte Reich am Ende war. Zwölf kurze Jahre haben genügt, Deutschland zugrunde zu richten. Und man war kein Prophet, wenn man, in satirischen Strophen, diese und ähnliche Ereignisse voraussagte. Daß keine Irrtümer vorkommen konnten, lag am Gegenstand: am Charakter der Deutschen. Den Gegenstand seiner Kritik muß der Satiriker natürlich kennen. Ich kenne ihn.

Das vorliegende Buch stellt eine Auswahl aus meinen vier vor 1933 erschienenen Gedichtbänden dar. Was in diesen ein »prophetischer« Ausblick war, erscheint nun als geschichtlicher Rückblick. Während des Dritten Reichs kam in der Schweiz ein anderer Auswahlband heraus. Er heißt ›Doktor

Erich Kästners Lyrische Hausapotheke‹ (Atrium Verlag) und enthält Gedichte, die sich mit den privaten Gefühlen des heutigen Großstadtmenschen beschäftigen. Der vorliegende Band enthält, im Gegensatz dazu, Gedichte vorwiegend sozialen, politischen, gesellschaftlichen Charakters.

Es handelt sich, wie gesagt, um einen Rückblick. Die Verse zeigen, wie es vor 1933 in den Großstädten und anderswo aussah. Und sie zeigen auch, wie ein junger Mann durch Ironie, Kritik, Anklage, Hohn und Gelächter zu warnen versuchte. Daß derartige Versuche keinen Sinn haben, ist selbstverständlich. Ebenso selbstverständlich ist, daß die Sinnlosigkeit solcher Versuche und das Wissen um diese Sinnlosigkeit einen Satiriker noch nie zum Schweigen gebracht haben und niemals dazu bringen werden. Außer man verbrennt seine Bücher.

Satiriker können nicht schweigen, weil sie Schulmeister sind. Und Schulmeister müssen schulmeistern. Ja, und im verstecktesten Winkel ihres Herzens blüht schüchtern und trotz allem Unfug der Welt die törichte, unsinnige Hoffnung, daß die Menschen vielleicht doch ein wenig, ein ganz klein wenig besser werden könnten, wenn man sie oft genug beschimpft, bittet, beleidigt und auslacht.

Satiriker sind Idealisten.

München, zwischen Krieg und Frieden, 1946

Erich Kästner

Kennst du das Land, wo die Kanonen blühen?

Kennst du das Land, wo die Kanonen blühn?
Du kennst es nicht? Du wirst es kennenlernen!
Dort stehn die Prokuristen stolz und kühn
in den Büros, als wären es Kasernen.

Dort wachsen unterm Schlips Gefreitenknöpfe.
Und unsichtbare Helme trägt man dort.
Gesichter hat man dort, doch keine Köpfe.
Und wer zu Bett geht, pflanzt sich auch schon fort.

Wenn dort ein Vorgesetzter etwas will
– und es ist sein Beruf, etwas zu wollen –
steht der Verstand erst stramm und zweitens still.
Die Augen rechts! Und mit dem Rückgrat rollen!

Die Kinder kommen dort mit kleinen Sporen
und mit gezognem Scheitel auf die Welt.
Dort wird man nicht als Zivilist geboren.
Dort wird befördert, wer die Schnauze hält.

Kennst du das Land? Es könnte glücklich sein.
Es könnte glücklich sein und glücklich machen!
Dort gibt es Äcker, Kohle, Stahl und Stein
und Fleiß und Kraft und andre schöne Sachen.

Selbst Geist und Güte gibt's dort dann und wann!
Und wahres Heldentum. Doch nicht bei vielen.
Dort steckt ein Kind in jedem zweiten Mann.
Das will mit Bleisoldaten spielen.

Dort reift die Freiheit nicht. Dort bleibt sie grün.
Was man auch baut, – es werden stets Kasernen.
Kennst du das Land, wo die Kanonen blühn?
Du kennst es nicht? Du wirst es kennenlernen!

Die Entwicklung der Menschheit

Einst haben die Kerls auf den Bäumen gehockt,
behaart und mit böser Visage.
Dann hat man sie aus dem Urwald gelockt
und die Welt asphaltiert und aufgestockt,
bis zur dreißigsten Etage.

Da saßen sie nun, den Flöhen entflohn,
in zentralgeheizten Räumen.
Da sitzen sie nun am Telefon.
Und es herrscht noch genau derselbe Ton
wie seinerzeit auf den Bäumen.

Sie hören weit. Sie sehen fern.
Sie sind mit dem Weltall in Fühlung.
Sie putzen die Zähne. Sie atmen modern.
Die Erde ist ein gebildeter Stern
mit sehr viel Wasserspülung.

Sie schießen die Briefschaften durch ein Rohr.
Sie jagen und züchten Mikroben.
Sie versehn die Natur mit allem Komfort.
Sie fliegen steil in den Himmel empor
und bleiben zwei Wochen oben.

Was ihre Verdauung übrig läßt,
das verarbeiten sie zu Watte.
Sie spalten Atome. Sie heilen Inzest.
Und sie stellen durch Stiluntersuchungen fest,
daß Cäsar Plattfüße hatte.

So haben sie mit dem Kopf und dem Mund
den Fortschritt der Menschheit geschaffen.
Doch davon mal abgesehen und
bei Lichte betrachtet sind sie im Grund
noch immer die alten Affen.

Anmerkung: Hierzu ist jede Anmerkung überflüssig.

Sachliche Romanze

Als sie einander acht Jahre kannten
(und man darf sagen: sie kannten sich gut),
kam ihre Liebe plötzlich abhanden.
Wie andern Leuten ein Stock oder Hut.

Sie waren traurig, betrugen sich heiter,
versuchten Küsse, als ob nichts sei,
und sahen sich an und wußten nicht weiter.
Da weinte sie schließlich. Und er stand dabei.

Vom Fenster aus konnte man Schiffen winken.
Er sagte, es wäre schon Viertel nach Vier
und Zeit, irgendwo Kaffee zu trinken.
Nebenan übte ein Mensch Klavier.

Sie gingen ins kleinste Café am Ort
und rührten in ihren Tassen.
Am Abend saßen sie immer noch dort.
Sie saßen allein, und sie sprachen kein Wort
und konnten es einfach nicht fassen.

Monolog des Blinden

Alle, die vorübergehn,
gehn vorbei.
Sieht mich, weil ich blind bin, keiner stehn?
Und ich steh seit Drei...

Jetzt beginnt es noch zu regnen!
Wenn es regnet, ist der Mensch nicht gut.
Wer mir dann begegnet, tut
so, als würde er mir nicht begegnen.

Ohne Augen steh ich in der Stadt.
Und sie dröhnt, als stünde ich am Meer.
Abends lauf ich hinter einem Hunde her,
der mich an der Leine hat.

Meine Augen hatten im August
ihren zwölften Sterbetag.
Warum traf der Splitter nicht die Brust
und das Herz, das nicht mehr mag?

Ach, kein Mensch kauft handgemalte
Ansichtskarten, denn ich hab kein Glück.
Einen Groschen, Stück für Stück!
Wo ich selber sieben Pfennig zahlte.

Früher sah ich alles so wie Sie:
Sonne, Blumen, Frau und Stadt.
Und wie meine Mutter ausgesehen hat,
das vergeß ich nie.

Krieg macht blind. Das sehe ich an mir.
Und es regnet. Und es geht der Wind.
Ist denn keine fremde Mutter hier,
die an ihre eignen Söhne denkt?
Und kein Kind,
dem die Mutter etwas für mich schenkt?

Brief an meinen Sohn

Ich möchte endlich einen Jungen haben,
so klug und stark, wie Kinder heute sind.
Nur etwas fehlt mir noch zu diesem Knaben.
Mir fehlt nur noch die Mutter zu dem Kind.

Nicht jedes Fräulein kommt dafür in Frage.
Seit vielen langen Jahren such ich schon.
Das Glück ist seltner als die Feiertage.
Und deine Mutter weiß noch nichts von uns,
mein Sohn.

Doch eines schönen Tages wird's dich geben.
Ich freue mich schon heute sehr darauf.
Dann lernst du laufen, und dann lernst du leben,
und was daraus entsteht, heißt Lebenslauf.

Zu Anfang schreist du bloß und machst Gebärden,
bis du zu andern Taten übergehst,
bis du und deine Augen größer werden
und bis du das, was man verstehen muß, verstehst.

Wer zu verstehn beginnt, versteht nichts mehr.
Er starrt entgeistert auf das Welttheater...
Zu Anfang braucht ein Kind die Mutter sehr.
Doch wenn du größer wirst, brauchst du den Vater.

Ich will mit dir durch Kohlengruben gehn.
Ich will dir Parks mit Marmorvillen zeigen.
Du wirst mich anschaun und es nicht verstehn.
Ich werde dich belehren, Kind, und schweigen.

Ich will mit dir nach Vaux und Ypern reisen
und auf das Meer von weißen Kreuzen blicken.
Ich werde still sein und dir nichts beweisen.
Doch wenn du weinen wirst, mein Kind,
dann will ich nicken.

Ich will nicht reden, wie die Dinge liegen.
Ich will dir zeigen, wie die Sache steht.
Denn die Vernunft muß ganz von selber siegen.
Ich will dein Vater sein und kein Prophet.

Wenn du trotzdem ein Mensch wirst wie die
meisten,
all dem, was ich dich schauen ließ, zum Hohn,
ein Kerl wie alle, über einen Leisten,
dann wirst du nie, was du sein sollst: mein Sohn!

Anmerkung: Da der Autor, nach dem Erscheinen des Gedichts in einer Zeitschrift, zahlreiche Briefe von Frauen und Mädchen erhielt, erklärt er, vorsichtig geworden, hiermit: Schriftliche Angebote dieser Art werden nicht berücksichtigt.

Kleine Rechenaufgabe

Allein ging Jedem Alles schief.
Da packte sie die Wut.
Sie bildeten ein Kollektiv
und glaubten, nun sei's gut.

Sie blinzelten mit viel Geduld
der Zukunft ins Gesicht.
Es blieb, wie's war. Was war dran schuld?
Die Rechnung stimmte nicht.

Addiert die Null zehntausend Mal!
Rechnet's nur gründlich aus!
Multipliziert's! Mit jeder Zahl!
Steht Kopf! Es bleibt euch keine Wahl:

Zum Schluß kommt Null heraus.

Chor der Girls

Wir können bloß in Reih und Glied
und gar nicht anders tanzen.
Wir sind fast ohne Unterschied
und tanzen nur im Ganzen.

Von unsern sechzig Beinen
sind dreißig immer in der Luft.
Der Herr Direktor ist ein Schuft
und bringt uns gern zum Weinen.

Wir tanzen Tag für Tag im Takt
das ewig gleiche Beinerlei.
Und singen laut und abgehackt,
und sehr viel Englisch ist dabei.

Wer wenig Brust hat, wird sehr gern
und oft als nacktes Bild verwandt.
Vorn sitzen ziemlich dicke Herrn
und haben uns aus erster Hand.

Wir haben seinerzeit gedacht,
daß Tanzen leichter wäre!
Wir haben mancherlei gemacht.
Nur keine Karriere.

Wir haben niemals freie Zeit
und stets ein Bein erhoben.
Was wir verdienen, reicht nicht weit,
trotz Tanz und Film und Proben.

Wir waren lange nicht zu Haus.
Wir leben nur auf Reisen.
Und ziehen ein. Und ziehen aus.
Und fühlen uns wie Waisen.

So tanzen wir von Stadt zu Stadt
und stets vor andren Leuten.
Und wenn uns wer gefallen hat,
hat das nichts zu bedeuten.

Bald fahren wir nach Übersee,
ab Hamburg an der Elbe.
Die Zeit vergeht. Das Herz tut weh.
Wir tanzen stets dasselbe.

Der Handstand auf der Loreley
(Nach einer wahren Begebenheit)

Die Loreley, bekannt als Fee und Felsen,
ist jener Fleck am Rhein, nicht weit von Bingen,
wo früher Schiffer mit verdrehten Hälsen,
von blonden Haaren schwärmend, untergingen.

Wir wandeln uns. Die Schiffer inbegriffen.
Der Rhein ist reguliert und eingedämmt.
Die Zeit vergeht. Man stirbt nicht mehr beim
    Schiffen,
bloß weil ein blondes Weib sich dauernd kämmt.

Nichtsdestotrotz geschieht auch heutzutage
noch manches, was der Steinzeit ähnlich sieht.
So alt ist keine deutsche Heldensage,
daß sie nicht doch noch Helden nach sich zieht.

Erst neulich machte auf der Loreley
hoch überm Rhein ein Turner einen Handstand!
Von allen Dampfern tönte Angstgeschrei,
als er kopfüber oben auf der Wand stand.

Er stand, als ob er auf dem Barren stünde.
Mit hohlem Kreuz. Und lustbetonten Zügen.
Man fragte nicht: Was hatte er für Gründe?
Er war ein Held. Das dürfte wohl genügen.

Er stand verkehrt, im Abendsonnenscheine.
Da trübte Wehmut seinen Turnerblick.
Er dachte an die Loreley von Heine.
Und stürzte ab. Und brach sich das Genick.

Er starb als Held. Man muß ihn nicht beweinen.
Sein Handstand war vom Schicksal überstrahlt.
Ein Augenblick mit zwei erhobnen Beinen
ist nicht zu teuer mit dem Tod bezahlt!

P.S. Eins wäre allerdings noch nachzutragen:
Der Turner hinterließ uns Frau und Kind.
Hinwiederum, man soll sie nicht beklagen.
Weil im Bezirk der Helden und der Sagen
die Überlebenden nicht wichtig sind.

Das Gebet keiner Jungfrau

Ich könnte gleich das Telefon ermorden!
Nun hat er, sagt er, wieder keine Zeit.
Ein ganzer Mensch bin ich nur noch zu zweit.
Ach, eine Hälfte ist aus mir geworden.

Ich glaube fast, er *will* mich manchmal kränken.
Es schmeichelt ihm vielleicht, daß er es kann?
Wenn ich dann traurig bin, sieht er mich an,
als würde ich ihm etwas Hübsches schenken.

Daß er mich lieb hat, ist höchst unwahrscheinlich.
Ich habe ihn einmal darnach gefragt.
Das war im Bett. Und er hat nichts gesagt.
Er gab mir Küsse. Denn es war ihm peinlich.

Es wär schon schöner, wenn es schöner wäre
und wenn er mich so liebte wie ich ihn.
Er liebt mich nicht. Obwohl es erst so schien.
Mein Körper geht bei seinem in die Lehre.

Mama sagt oft, ich möge mich benehmen.
Sie ahnt etwas. Und redet gern von Scham.
Ich wollte alles so, wie alles kam!
Man kann sich doch nicht nur pro forma schämen.

Er ist schon dreißig und kennt viele Damen.
Er trifft sie manchmal. Und erinnert sich.
Und eines Tages trifft er dann auch mich.
Und grüßt. Und weiß schon nicht mehr meinen
Namen.

Zwei Dutzend Kinder möcht ich von ihm haben.
Da lacht er nur und sagt, ich kriegte keins.
Er weiß Bescheid. Und käme wirklich eins,
müßt ich es ja vor der Geburt begraben.

Ich hab ihn lieb und will, daß es so bliebe.
Es bleibt nicht so, und nächstens ist es aus.
Dann weine ich. Und geh nicht aus dem Haus.
Und nehme acht Pfund ab. Das ist die Liebe.

Begegnung in einer kleinen Stadt

Neulich traf ich in einer entlegenen Stadt
einen alten Bekannten, den Buchhalter Roth,
der sich im vorigen Sommer erschossen hat.
Und ich rief erschrocken: »Sie sind doch längst
tot!«

Scheinbar dachte er von dem Wunder gering.
Und als ob das um vieles seltsamer wär,
fragte er, während ich zaudernd neben ihm ging:
»Also bitte, wie kommen denn Sie hierher?«

Mich ergriff das ungewohnte Erlebnis.
Darum sagte ich nichts auf die kleinliche Frage,
sondern meinte: »Ich war doch zu Ihrem
Begräbnis!«
Man begegnet Toten nicht alle Tage.

Warum lag er nicht, wie sich's gehörte, im Grabe?
Wo führt das hin, wenn der Tod seine Wirkung
verliert?
Buchhalter Roth erklärte lächelnd, er habe
seinen Selbstmord gewissermaßen storniert.

Und nun sei er genau wie einst auf der Welt.
Das sei kein Leben, das lästige Liegen im Sarg.
Er sei hier bei einer Firma fest angestellt
und verdiene im Monat dreihundert Mark.

Ob sein Zustand im Dienst schon bemerkt worden sei,
fragte ich; schließlich sei er doch eine Leiche.
Aber er meinte, man fände gar nichts dabei.
Und er leiste, an früher gemessen, das Gleiche.

Möglich, daß er das komisch fand, denn er lachte.
Schaurig genug klang das, denn die Stadt war leer.
Ich erschrak darüber so sehr, daß ich dachte:
Tote Buchhalter sind eben doch kein Verkehr.

Eigentlich wollte ich ihn noch Verschiedenes fragen.
Aber da zog er hastig den Hut und sprach:
»Und ersuche ich Sie, es nicht weiterzusagen!«
Und er ging. Ich sah ihm noch lange nach.

Geständnis einiger Dichter

Wir sollten lieber mit was andrem handeln!
Das Dichten ist, weiß Gott, nicht mehr modern.
Ach, auf fünf Füßen durch die Neuzeit wandeln,
ist kein Beruf für Herrn.

Wir spielen Harfe auf den eignen Nerven.
Und wenn wir stöhnen, reimt sich das auch schon.
Wir lassen gern mit Steinen nach uns werfen.
Das klingt so schön. Denn Dichter sind aus Ton.

Wir reisen in Gefühl wie Ihr in Seife.
Wir dekorieren jeden Schrei und Schmerz –
geschmackvoll, wie wir sind – mit Kranz und
Schleife.
Und schlachten dreimal täglich unser Herz.

Wir sind, pfui Teufel! eine üble Sorte.
Die Sehnsucht wird bei uns nach Maß bestellt.
Was auch geschieht – wir machen daraus Worte.
Was auch passiert – wir machen es zu Geld.

Wir sollten lieber kaufen und verkaufen!
Ob Häuser oder Kuxe wär egal!
Denn, als ein Dichter durch die Städte laufen,
ist ein Skandal.

Anmerkung: Was die Leute schon wollen! Sie handeln doch auch mit Effekten.

Verdun, viele Jahre später

Auf den Schlachtfeldern von Verdun
finden die Toten keine Ruhe.
Täglich dringen dort aus der Erde
Helme und Schädel, Schenkel und Schuhe.

Über die Schlachtfelder von Verdun
laufen mit Schaufeln bewaffnete Christen,
kehren Rippen und Köpfe zusammen
und verfrachten die Helden in Kisten.

Oben am Denkmal von Douaumont
liegen zwölftausend Tote im Berge.
Und in den Kisten warten achttausend
Männer vergeblich auf passende Särge.

Und die Bauern packt das Grauen.
Gegen die Toten ist nichts zu erreichen.
Auf den gestern gesäuberten Feldern
liegen morgen zehn neue Leichen.

Diese Gegend ist kein Garten,
und erst recht kein Garten Eden.
Auf den Schlachtfeldern von Verdun
stehn die Toten auf und reden.

Zwischen Ähren und gelben Blumen,
zwischen Unterholz und Farnen
greifen Hände aus dem Boden,
um die Lebenden zu warnen.

Auf den Schlachtfeldern von Verdun
wachsen Leichen als Vermächtnis.
Täglich sagt der Chor der Toten:
»Habt ein besseres Gedächtnis!«

Das Riesenspielzeug

Eins habt ihr leider nicht bedacht:
daß Kinderhaben auch verpflichtet.
Ihr wart auf uns nicht eingerichtet,
ihr habt uns nur zur Welt gebracht.

Ihr habt uns mancherlei gelehrt,
Latein und Griechisch, bestenfalles.
Nun sind wir groß, doch das ist alles.
Und was ihr lehrtet, ist nichts wert.

Ihr habt uns in die Welt gesetzt.
Wer hatte euch dazu ermächtigt?
Wir sind nicht existenzberechtigt
und fragen euch: Und was wird *jetzt?*

Schon sind wir eine Million!
Wir waren fleißig und gelehrig.
Und ihr? Ihr schickt uns, minderjährig,
fürs ganze Leben in Pension.

Wir leben wie im Krankenhaus
und lassen uns von euch verwalten.
Wir werden von euch ausgehalten
und halten das nicht länger aus!

Sind wir denn da, um nichts zu tun?
Wir, die gebornen Arbeitslosen,
verlangen Arbeit statt Almosen
und fragen euch: Und was wird *nun?*

Einst wußtet ihr noch euren Text,
als ihr uns noch für Puppen hieltet
und wie mit Spielzeug mit uns spieltet.
Doch wir sind Spielzeug, welches wächst!

Auf eigne Rechnung und Gefahr
will jeder, was er lernte, nützen.
Die Tage regnen in die Pfützen,
und jede Pfütze wird ein Jahr.

Die Zeit ist blind und blickt uns an.
Die Sterne ziehn uns an den Haaren.
Das ganze Leben ist verfahren,
noch ehe es für uns begann.

Vernehmt den Spruch des Weltgerichts:
Ihr gabt uns seinerzeit das Leben,
jetzt sollt ihr ihm den Inhalt geben!
Daß ihr uns liebt, das nützt uns nichts.

Anmerkung: Die Zahl der jugendlichen Erwerbslosen betrug damals mehr als eine Million.

Ballgeflüster
(Ist sehr sachlich zu sprechen:)

Ich bin aus vollster Brust modern
und hoffe, man sieht es mir an.
Ich schlafe mit allen möglichen Herrn,
nur nicht mit dem eigenen Mann.

Ich schwärme für blutige Dramen.
Und wo man mich packt, bin ich echt.
Ich frag nicht nach Stand und Namen
und erst recht nicht nach dem Geschlecht.

Ich liebe nach neuester Mode.
Ich kenne den dernier cri.
Ich beherrsche jede Methode.
Mein Hündchen heißt Annemarie.

Ich kenne die tollsten Gebärden.
Ich flüstre das tollste Wort.
Ich liebe, um schlanker zu werden.
Ich liebe, als triebe ich Sport.

Ich haue und lasse mich hauen.
Ich regle den größten Verkehr.
Auf mir kann man Häuser bauen.
Liebchen, was willst du noch mehr?

Gefühl ist mir gänzlich fremd.
Ich leide nicht durch Gebrauch.
Ich hab unterm Kleid kein Hemd.
Und Kinder habe ich auch.

Morgen um Fünf hätt ich Zeit.
Da dürften Sie mir was tun.
Mein Bett ist doppelt breit.
Um Sechs kommt Mister White. –
Mein Herr, was sagen Sie nun?

Der geregelte Zeitgenosse

Hei, wie er die Zukunft auswendig wußte!
Er kannte die Höhe der Summe genau,
die man den Kindern und seiner Frau
nach seinem Tode auszahlen mußte.

Er war berühmt als Vater und Gatte,
der Leben und Sterben und Diebstahl und Brand
versicherungsrechtlich geregelt hatte.
Er hatte das Schicksal glatt in der Hand.

Und wenn sich die Achse der Erde verböge:
er wußte, wieviel er am 1. Mai
(vorausgesetzt, daß er am Leben sei)
in zwanzig Jahren Gehalt bezöge.

Gewohnheit umgab ihn mit hohen Mauern.
Sie rückten immer näher heran.
Und er begann, sich zu bedauern.
Nicht immer, aber dann und wann.

Da half kein gesteigertes Innenleben.
Er wußte, was sie morgen besprächen
und was sie einander zur Antwort gäben
und wann und wie sie sich unterbrächen.

Das Lieben und Atmen und Zeitunglesen,
das wurde alles zu einem Amt.
Er war doch mal ein Mensch gewesen!
Das war vorbei, und er dachte: Verdammt!

Verschiedentlich faßte er Fluchtgedanken.
(Er dachte speziell an Amerika.)
Aber aus Angst, seine Frau könnte zanken,
blieb er dann doch immer wieder da.

Die Deutsche Einheitspartei

Als die Extreme zusammenstießen,
begriff Max Müller, wie nötig er sei.
Und er gründete die Partei
aller Menschen, die Müller hießen.

Müller liebte alle Klassen.
Politische Meinungen hatte er keine.
Wichtig war ihm nur das eine:
sämtliche Müllers zusammenzufassen.

Seinem Aufruf entströmte Kraft.
»Wir verteidigen«, schrieb er entschieden,
»Rück- *und* Fortschritt, Krieg *und* Frieden,
Arbeitgeber und Arbeiterschaft.

Freier Handel *und* Hochschutzzoll
haben unsere Sympathie.
Republik *und* Monarchie
sind die Staatsform, die herrschen soll!«

Alle Müllers traten ihm bei.
Und die andern kamen in Haufen,
ließen sich eiligst Müller taufen
und verstärkten die neue Partei.

Und sie wuchs, trotz vieler Brüller.
Kurzerhand ging sie in Führung.
In der nächsten Reichsregierung
hießen zehn Minister Müller.

Diese Müllermehrheit wies
alle aus, die anders hießen
und sich nicht rasch taufen ließen.
Bis ganz Deutschland Müller hieß!

Von der Memel bis zum Rande des Rheins
feierten nun die Deutschen Versöhnung.
Im alten Aachen gab's Kaiserkrönung.
Und der Kaiser hieß: Müller Eins.

Festlich krachten Kanonen und Böller.
Doch das Glück war bald vorbei.
Denn am Tag darauf kam Möller,
und es entstand eine Gegenpartei.

Nachtgesang des Kammervirtuosen

Du meine Neunte, letzte Sinfonie!
Wenn du das Hemd* anhast mit rosa Streifen...
Komm wie ein Cello zwischen meine Knie.
Und laß mich zart in deine Seiten greifen!

Laß mich in deinen Partituren blättern.
(Sie sind voll Händel, Graun und Tremolo.)
Ich möchte dich in alle Winde schmettern,
du meiner Sehnsucht dreigestrichnes Oh!

Komm, laß uns durch Oktavengänge schreiten!
(Das Furioso, bitte, noch einmal!)
Darf ich dich mit der linken Hand begleiten?
Doch beim Crescendo etwas mehr Pedal!

O deine Klangfigur! O die Akkorde!
Und der Synkopen rhythmischer Kontrast!
Nun senkst du deine Lider ohne Worte...
Sag einen Ton, falls du noch Töne hast!

* In besonders vornehmer Gesellschaft ersetze man das Wort »Hemd« durch das Wort »Kleid«.

Die Tretmühle
(Nach der Melodie: ›Frisch auf, mein Volk! Die Flammenzeichen rauchen!‹)

Rumpf vorwärts beugt! Es will dich einer treten!
Und wenn du dich nicht bückst, trifft er den Bauch.
Du sollst nicht fragen: was die andern täten!
Im übrigen: die andern tun es auch.

So bück dich, Mensch! Er tritt ja nicht zum Spaße!
Er wird dafür bezahlt. Es ist ihm Ernst.
Tief! Tiefer! Auf die Knie mit deiner Nase!
Das Vaterland erwartet, daß du's lernst.

Zunächst bist du noch etwas steif im Rücken.
Sei guten Muts! Es ist nicht deine Schuld.
Gib acht, wie prächtig sich die andern bücken!
Das ist nur eine Frage der Geduld.

Und muß so sein. Und ist der Sinn der Erde.
Der eine tritt – wie die Erfahrung lehrt –,
damit ein anderer getreten werde.
Das ist Gesetz. Und gilt auch umgekehrt.

Du sollst für Laut- und Leisetreter beten:
»Gib, Himmel, jedem Stiefel seinen Knecht!
Beliefre uns mit Not! Denn Not lehrt treten!«
Wer nicht getreten wird, kommt nie zurecht.

Geh vor den Spiegel! Freu dich an den Farben,
die man dir kunstvoll in die Rippen schlug!
Die Besten waren's, die an Tritten starben. –
Rumpf vorwärts beugt! Genug ist nicht genug!

Anmerkung: Herriot, der französische Politiker, der während einiger Jahre in deutscher Gefangenschaft war, sprach Ende 1945, auf einer Schweizer Vortragsreise, von der deutschen »Leidenschaft, zu gehorchen«. Das hat er aber sehr vornehm ausgedrückt.

Primaner in Uniform

Der Rektor trat, zum Abendbrot,
bekümmert in den Saal.
Der Klassenbruder Kern sei tot.
Das war das erste Mal.

Wir saßen bis zur Nacht im Park
und dachten lange nach.
Kurt Kern, gefallen bei Langemarck,
saß zwischen uns und sprach.

Dann lasen wir wieder Daudet und Vergil
und wurden zu Ostern versetzt.
Dann sagte man uns, daß Heimbold fiel.
Und Rochlitz sei schwer verletzt.

Herr Rektor Jobst war Theolog
für Gott und Vaterland.
Und jedem, der in den Weltkrieg zog,
gab er zuvor die Hand.

Kerns Mutter machte ihm Besuch.
Sie ging vor Kummer krumm.
Und weinte in ihr Taschentuch
vorm Lehrerkollegium.

Der Rochlitz starb im Lazarett.
Und wir begruben ihn dann.
Im Klassenzimmer hing ein Brett,
mit den Namen der Toten daran.

Wir saßen oft im Park am Zaun.
Nie wurde mehr gespaßt.
Inzwischen fiel der kleine Braun.
Und Koßmann wurde vergast.

Der Rektor dankte Gott pro Sieg.
Die Lehrer trieben Latein.
Wir hatten Angst vor diesem Krieg.
Und dann zog man *uns* ein.

Wir hatten Angst. Und hofften gar,
es spräche einer Halt!
Wir waren damals achtzehn Jahr,
und das ist nicht sehr alt.

Wir dachten an Rochlitz, Braun und Kern.
Der Rektor wünschte uns Glück.
Und blieb mit Gott und den anderen Herrn
gefaßt in der Heimat zurück.

Elegie mit Ei

Es ist im Leben häßlich eingerichtet,
daß nach den Fragen Fragezeichen stehn.
Die Dinge fühlen sich uns keineswegs verpflichtet;
sie lächeln nur, wenn wir vorübergehn.

Wer weiß, fragt Translateur, was Blumen
träumen?
Wer weiß, ob blonde Neger häufig sind?
Und wozu wächst das Obst auf meterhohen
Bäumen?
Und wozu weht der Wind?

Wir woll'n der Zukunft nicht ins Fenster gaffen.
Sie liegt mit der Vergangenheit zu Bett. –
Die ersten Menschen waren nicht die letzten Affen.
Und wo ein Kopf ist, ist auch meist ein Brett.

Wir werden später jung als unsre Väter.
Und das, was früher war, fällt *uns* zur Last.
Wir sind die kleinen Erben großer Übeltäter.
Sie luden uns bei ihrer Schuld zu Gast.

Sie wollten Streit. Und *uns* gab man die Prügel.
Sie spielten gern mit Flinte, Stolz und Messer.
Wir säen Gras auf eure Feldherrnhügel.
Wir werden langsam. Doch wir werden besser!

Wir wollen wieder mal die Tradition begraben.
Sie saß am Fenster. Sie ward uns zu dick.
Wir wollen endlich unsere eigene Aussicht haben.
Und Platz für unsern Blick.

Wir wollen endlich unsre eignen Fehler machen.
Wir sind die Jugend, die an nichts mehr glaubt
und trotzdem Mut zur Arbeit hat. Und Mut zum
Lachen.
Kennt ihr das überhaupt?

Beginnt ein Anfang? Stehen wir am Ende?
Wir lachen hunderttausend Rätseln ins Gesicht.
Wir spucken – pfui, Herr Kästner – in die Hände
und gehn an unsere Pflicht.

Familiäre Stanzen

Wenn sich die Leute, die sich lieben, hassen,
tun sie das auf unerhörte Art.
Noch in allem, was sie unterlassen,
bleibt ihr Haß aufs sorglichste gewahrt.
Keiner will vorm anderen erblassen.
Selbst die falschen Zähne sind behaart.
Und auch bei den höflichsten Gesprächen
sieht es aus, als ob die Herzen brächen.

Und sie mustern sich, wie bei Duellen.
Beide kennen die Anatomie
ihrer Herzen und die schwachen Stellen.
Und sie zielen kaum. Und treffen sie!
Ach, es klingt, als würden Hunde bellen.
Und die Uhr erschrickt, wenn einer schrie.
Alles, was sie voneinander wissen,
wird wie Handgranaten hingeschmissen!

Denn sie kennen sich auf jede Weise,
tags und nachts und viele Jahre schon.
Und sie teilten Schlaf und Trank und Speise
und die Sorgen und das Telefon.
Jetzt verletzen sie sich klug und leise.
Lächeln ist noch nicht der schlechtste Hohn.
Jeder Ton ist messerscharf geschliffen.
Und der Schmerz wird, eh es schmerzt, begriffen.

Aber plötzlich ist ihr Haß verschwunden.
Krank und müde blicken sie sich an.
Und sie staunen über ihre Wunden.
Keiner wußte, daß er beißen kann...
Beide sind beim gleichen Schicksal Kunden.
Und sie spielen wieder Frau und Mann.
Denn die Liebe wird nach solchen Stunden
endlich wieder angenehm empfunden.

Ein Quartaner denkt beim Anblick des Lehrers

So, so. Sie wollen mich nachsitzen lassen.
Weil ich in Französisch gemogelt habe.
Das glaub ich. Das könnte Ihnen so passen.
Als wär ich ein ganz gewöhnlicher Knabe.

Ich möchte nur wissen, wofür Sie sich halten.
Sie werden schon, wenn wir Sie auslachen, rot.
Sie trauriger Mond ohne Bügelfalten!
Sie haben ja nicht mal Wurst auf dem Brot.

Sie sollten mal donnerstags bei uns sein.
In Ihrem Frack, der so komisch gebaut ist.
Da stünden Sie dann in der Villa allein,
in der es donnerstags immer so laut ist.

Da sind Minister bei meinen Eltern.
Und seidne Frauen und Direktoren.
Mit riesigen Autos und Riesengehältern.
Da wär'n Sie, samt Ihrer Bildung, verloren.

Noch unser Schofför ist feiner als Sie.
Und Sie, Sie wollen mir was befehlen?
In Groß-Grünau auf der Klassenpartie
sah ich Sie heimlich die Groschen zählen.

Sie fahren morgens im Autobus.
Sie wohnen in Untermiete bei Blaus.
Der Seidelbast, der's genau wissen muß,
sagt, es sei ein scheußliches Haus.

Glauben Sie nicht, weil Sie Plato lesen,
daß uns das irgendwie imponiert.
Ihre Frau ist Stenotypistin gewesen.
Der Onkel von Harms hat mit ihr poussiert.

Ich sitze nicht nach! Nicht morgen, nicht heute.
Ich sag's meinem Vater. Der sagt's Rektor
Schneider.
Mein Alter ist Herr über zwotausend Leute.
Ich huste auf Sie, Sie Hungerleider.

Auf einer kleinen Bank vor einer großen Bank

Worauf mag die Gabe des Fleißes,
die der Deutsche besitzt, beruhn?
Deutsch sein heißt (der Deutsche weiß es)
Dinge um ihrer selbst willen tun.

Wenn er spart, dann nicht deswegen,
daß er später davon was hat.
Nein, ach nein! Geld hinterlegen
findet ohne Absicht statt.

Uns erfreut das bloße Sparen.
Geld persönlich macht nicht froh.
Regelmäßig nach paar Jahren
klaut ihr's uns ja sowieso.

Nehmt denn hin, was wir ersparten!
Und verludert's dann und wann!
Und erfindet noch paar Arten,
wie man pleite gehen kann!

Wieder ist es euch gelungen.
Wieder sind wir auf dem Hund.
Unser Geld hat ausgerungen.
Ihr seid hoffentlich gesund.

Heiter stehn wir vor den Banken.
Armut ist der Mühe Lohn.
Bitte, bitte, nichts zu danken!
Keine Angst, wir gehen schon.

Und empfindet keine Reue!
Leider wurdet ihr ertappt.
Doch wir halten euch die Treue.
Und dann sparen wir aufs neue,
bis es wieder mal so klappt.

Anmerkung: Das Gedicht bezieht sich auf den großen Bankkrach im Sommer 1931. Das soll aber beileibe nicht heißen, daß es veraltet ist.

Der Busen marschiert

Frühmorgens geht das Kleid bis zum Knie
und das Fräulein ins Büro.
Das Kleid sitzt stramm auf der Anatomie
und läßt keinen Raum für die Phantasie.
Man sieht den Bestand ja auch so.

Da wird nichts an- oder abgeschraubt.
Da gilt kein Pseudonym.
Denn was man nicht sieht, das wird nicht geglaubt.
Der Körper ist so, wie er ist, erlaubt.
Und die Haut paßt haarscharf ins Kostüm.

Das wäre also der neue Stil?
Immer kurz, immer jung, immer schlank?
Doch schon wird der Frau das Zuwenig zuviel.
Es war nicht ihr Ernst, sondern wieder nur Spiel.
Und sie spuckt in den Kleiderschrank.

Aber abends, da flattert der Überhang,
und die Schleppe rauscht ums Gebein.
Der Wahn war kurz. Der Rock wird lang.
Und die Brust steht vor wie der Erste Rang
und schläft im Stehen ein.

Die Waden sind weg. Und die Hüften sind hin.
Der Schwund ist ziemlich komplett.
Nur der Busen marschiert und stößt ans Kinn.
Und die Frauen ähneln der Königin
Luise und tragen Korsett.

Nun tun sie wieder, als wären sie Feen,
und schweben massiv durch das Haus.
Doch wenn sie derartig vorübergehn,
so geht den Männern, die das sehn,
vor Schreck die Zigarre aus.

Anmerkung für Spätgeborene: Ein Glück, daß ihr das nicht erlebt habt. Ein Glück, daß wir's erlebt haben.

Der Herr ohne Gedächtnis

Er griff dem Leben in die Taschen
und trieb mit Tod und Teufel Spaß.
Sein Maul war (bildlich) ungewaschen.
Er trank aus ziemlich allen Flaschen
und nahm bei Nacht den Sternen Maß.
Er stand auf dem Balkon des Jahres,
sah Scheußliches und Wunderbares,
und er vergaß.

Er kannte mehr als tausend Damen.
Die zeigten ihm ihr Herz en face.
Er spielte mit in tausend Dramen.
Er reiste unter tausend Namen
und sah durch Wände wie durch Glas.
Er lebte oft von Überresten.
Er wohnte manchmal in Palästen.
Und er vergaß.

Er war Friseur. Und Kohlenträger.
Er wurde krank. Und er genas.
Er schoß am Kongo Bettvorleger
und am Isonzo Alpenjäger
und biß beinahe selbst ins Gras.
Er fuhr auf Dampfern, die zerbrachen.
Er hustete in allen Sprachen.
Und er vergaß.

Und wenn sie ihn mit Blicken maßen,
in denen leichtes Grauen saß,
floh er auf Inseln mit Oasen,
zu Menschen, welche Menschen fraßen,
indes er aus der Bibel las.
Oft reicht die Trauer nur für Späße . . .
Er hoffte, daß man ihn vergäße,
wie er die anderen vergaß.
Und so geschah's.

Der Mensch ist gut

Der Mensch ist gut! Da gibt es nichts zu lachen!
In Lesebüchern schmeckt das wie Kompott.
Der Mensch ist gut. Da kann man gar nichts
machen.
Er hat das, wie man hört, vom lieben Gott.

Einschränkungshalber spricht man zwar von
Kriegen.
Wohl weil der letzte Krieg erst neulich war ...
Doch: ließ man denn die Krüppel draußen liegen?
Die Witwen kriegten sogar Honorar!

Der Mensch ist gut! Wenn er noch besser wäre,
wär er zu gut für die bescheidne Welt.
Auch die Moral hat ihr Gesetz der Schwere:
Der schlechte Kerl kommt hoch – der Gute fällt.

Das ist so, wie es ist, geschickt gemacht.
Gott will es so. Not lehrt bekanntlich beten.
Er hat sich das nicht übel ausgedacht
und läßt uns um des Himmels willen treten.

Der Mensch ist gut. Und darum geht's ihm
schlecht.
Denn wenn's ihm besser ginge, wär er böse.
Drum betet: »Herr Direktor, quäl uns recht!«
Gott will es so. Und sein System hat Größe.

Drum seid so gut: und seid so schlecht, wie's geht!
Drückt Löhne! Zelebriert die Leipziger Messe!
Der Himmel hat für so was immer Interesse. –
Der Mensch bleibt gut, weil er den Kram versteht.

Anmerkung: Dieses Gedicht könnte den Eindruck erwekken, es wende sich gegen masochistische Auswüchse der christlichen Moral. Der Eindruck wäre richtig.

Was auch geschieht!

Was auch immer geschieht:
Nie dürft ihr so tief sinken,
von dem Kakao, durch den man euch zieht,
auch noch zu trinken!

Die Welt ist rund

Die Welt ist rund. Denn dazu ist sie da.
Ein Vorn und Hinten gibt es nicht.
Und wer die Welt von hinten sah,
der sah ihr ins Gesicht!

Zwar gibt es Traum und Mondenschein
und irgenwo auch eine kleine Stadt.
Das ist nicht anders. Denn das muß so sein.
Und wenn du tot bist, wirst du davon satt.

Mensch, werde rund, Direktor und borniert.
Trag sonntags Frack und Esse.
Und wenn dich wer nicht respektiert,
dann hau ihn in die Fresse.

Sei dumm. Doch sei es mit Verstand.
Je dümmer, desto klüger.
Tritt morgen in den Schutzverband.
Duz' dich mit Schulz und Krüger.

Nimm ihre Frauen oft zum Übernachten.
Das ist so üblich. Und heißt Freiverkehr.
Es lohnt sich nicht, die Menschen zu verachten.
Und weil die Welt bewohnt wird, ist sie leer.

Es gibt im Süden Gärten und Zypressen.
Wer keine Lunge hat, wird dort gesund.
Wer nichts verdient, der braucht auch nichts zu
essen.
Normale Kinder wiegen neu acht Pfund.

Du darfst dich nicht zu oft bewegen lassen,
den andern Menschen ins Gesicht zu spein.
Meist lohnt es nicht, sich damit zu befassen.
Sie sind nicht böse. Sie sind nur gemein.

Ja, wenn die Welt vielleicht quadratisch wär!
Und alle Dummen fielen ins Klosett!
Dann gäb es keine Menschen mehr.
Dann wär das Leben nett.

Wie dann die Amseln und die Veilchen lachten!
Die Welt bleibt rund. Und du bleibst ein Idiot.
Es lohnt sich nicht, die Menschen zu verachten.
Nimm einen Strick. Und schieß dich damit tot!

Die sehr moralische Autodroschke

Er brachte sie im Auto nach Haus.
Sie erzählte von ihrem Mann.
Er wußte, sie sähe entzückend aus.
Doch blickte er sie nicht an.

Sie fuhren durch die Alleen der Nacht.
Am Steuer saß irgendwer.
Die Sterne hatten sich hübsch gemacht.
Die Alleen waren ziemlich leer.

Und wenn das Auto Kurven nahm,
dann trafen sich ihre Knie.
Und wenn er ihr allzu nahe kam,
dann zitterten er und sie.

Er sprach von einem Theaterstück.
Das klang ein wenig gepreßt.
Sie sprach von ihrem Familienglück.
Ihre Stimme war nicht sehr fest.

Stets spürte er ihren Blick auf sich,
obwohl er durchs Fenster sah.
Und plötzlich wurde sie ärgerlich
und meinte, sie wären gleich da ...

Dann waren sie eine Weile stumm.
In der Luft verbarg sich ein Blitz.
Doch fand er schließlich das Ganze zu dumm
und erzählte ihr einen Witz.

Die Luft war mild. Und das Auto fuhr.
Es roch nach Glück und Benzin.
Sie achteten wenig auf die Natur
und streiften sich mit den Knien.

Dann stiegen sie aus. Er gab ihr die Hand.
Und ging. Und fand alles gut.
Doch als er daheim im Zimmer stand,
zertrampelte er seinen Hut.

Hunger ist heilbar
(Eine deutsche Allegorie)

Es kam ein Mann ins Krankenhaus
und erklärte, ihm sei nicht wohl.
Da schnitten sie ihm den Blinddarm heraus
und wuschen den Mann mit Karbol.

Befragt, ob ihm besser sei, rief er: »Nein.«
Sie machten ihm aber Mut
und amputierten sein linkes Bein
und sagten: »Nun geht's ihnen gut.«

Der arme Mann hingegen litt
und füllte das Haus mit Geschrei.
Da machten sie ihm den Kaiserschnitt,
um nachzusehn, was denn sei.

Sie waren Meister in ihrem Fach
und schnitten sogar ein Gesicht.
Er schwieg. Er war zum Schreien zu schwach.
Doch sterben tat er noch nicht.

Sein Blut wurde freilich langsam knapp.
Auch litt er an Atemnot.
Sie sägten ihm noch drei Rippen ab.
Dann war er endlich tot.

Der Chefarzt sah die Leiche an.
Da fragte ein andrer, ein junger:
»Was fehlte denn dem armen Mann?«
Der Chefarzt schluchzte und murmelte dann:
»Ich glaube, er hatte nur Hunger.«

Anmerkung: Der traurige Gegenstand dieses Gedichts gehört anscheinend zu den ewigen Aktualitäten.

Sergeant Waurich

Das ist nun ein Dutzend Jahre her,
da war er unser Sergeant.
Wir lernten bei ihm: »Präsentiert das Gewehr!«
Wenn einer umfiel, lachte er
und spuckte vor ihm in den Sand.

»Die Knie beugt!« war sein liebster Satz.
Den schrie er gleich zweihundertmal.
Da standen wir dann auf dem öden Platz
und beugten die Knie wie die Goliaths
und lernten den Haß pauschal.

Und wer schon auf allen vieren kroch,
dem riß der die Jacke auf
und brüllte: »Du Luder frierst ja noch!«
Und weiter ging's. Man machte doch
in Jugend Ausverkauf ...

Er hat mich zum Spaß durch den Sand gehetzt
und hinterher lauernd gefragt:
»Wenn du nun meinen Revolver hättst –
brächtst du mich um, gleich hier und gleich jetzt?«
Da hab ich »Ja!« gesagt.

Wer ihn gekannt hat, vergißt ihn nie.
Den legt man sich auf Eis!
Er war ein Tier. Und er spie und schrie.
Und Sergeant Waurich hieß das Vieh,
damit es jeder weiß.

Der Mann hat mir das Herz versaut.
Das wird ihm nie verziehn.
Es sticht und schmerzt und hämmert laut.
Und wenn mir nachts vorm Schlafen graut,
dann denke ich an ihn.

Anmerkung: Der Name Waurich ist authentisch. Und von solchen Sergeanten bis zu den SS-Wachen der Konzentrationslager führt nur deshalb kein Weg, weil keiner nötig war.

Die Ballade vom Nachahmungstrieb

Es ist schon wahr: Nichts wirkt so rasch wie Gift!
Der Mensch, und sei er noch so minderjährig,
ist, was die Laster dieser Welt betrifft,
früh bei der Hand und unerhört gelehrig.

Im Februar, ich weiß nicht am wievielten,
geschah's auf irgendeines Jungen Drängen,
daß Kinder, die im Hinterhofe spielten,
beschlossen, Naumanns Fritzchen aufzuhängen.

Sie kannten aus der Zeitung die Geschichten,
in denen Mord vorkommt und Polizei.
Und sie beschlossen, Naumann hinzurichten,
weil er, so sagten sie, ein Räuber sei.

Sie reckten seinen Kopf in eine Schlinge.
Karl war der Pastor, lamentierte viel
und sagte ihm, wenn er zu schrein anfinge,
verdürbe er den anderen das Spiel.

Fritz Naumann äußerte, ihm sei nicht bange.
Die andern waren ernst und führten ihn.
Man warf den Strick über die Teppichstange.
Und dann begann man, Fritzchen hochzuziehn.

Er sträubte sich. Es war zu spät. Er schwebte.
Dann klemmten sie den Strick am Haken ein.
Fritz zuckte, weil er noch ein bißchen lebte.
Ein kleines Mädchen zwickte ihn ins Bein.

Er zappelte ganz stumm, und etwas später
verkehrte sich das Kinderspiel in Mord.
Als das die sieben kleinen Übeltäter
erkannten, liefen sie erschrocken fort.

Noch wußte niemand von dem armen Kinde.
Der Hof lag still. Der Himmel war blutrot.
Der kleine Naumann schaukelte im Winde.
Er merkte nichts davon, denn er war tot.

Frau Witwe Zickler, die vorüberschlurfte,
lief auf die Straße und erhob Geschrei,
obwohl sie doch dort gar nicht schreien durfte.
Und gegen sechs erschien die Polizei.

Die Mutter fiel in Ohnmacht vor dem Knaben.
Und beide wurden rasch ins Haus gebracht.
Karl, den man festnahm, sagte kalt: »Wir haben
es nur wie die Erwachsenen gemacht.«

Anmerkung: Der Ballade liegt ein Pressebericht aus dem Jahre 1930 zugrunde.

Ganz rechts zu singen

Stoßt auf mit hellem hohem Klang!
Nun kommt das Dritte Reich!
Ein Prosit unserm Stimmenfang!
Das war der erste Streich!

Der Wind schlug um. Nun pfeift ein Wind
von griechisch-nordischer Prägung.
Bei Wotans Donner, jetzt beginnt
die Dummheit als Volksbewegung.

Wir haben das Herz auf dem rechten Fleck,
weil sie uns sonst nichts ließen.
Die Köpfe haben ja doch keinen Zweck.
Damit kann der Deutsche nicht schießen.

Kein schönrer Tod ist auf der Welt
als gleich millionenweise.
Die Industrie gibt uns neues Geld
und Waffen zum Selbstkostenpreise.

Wir brauchen kein Brot, und nur Eins ist not:
Die nationale Ehre!
Wir brauchen mal wieder den Heldentod
und schwere Maschinengewehre.

Und deshalb müssen die Juden raus!
Sie müssen hinaus in die Ferne.
Wir wollen nicht sterben fürs Ullsteinhaus,
aber für Kirdorf* sehr gerne.

Die Deutsche Welle, die wächst heran
als wie ein Eichenbaum.
Und Hitler ist der richtige Mann.
Der schlägt auf der Welle den Schaum.

Der Reichstag ist ein Schweinestall,
wo sich kein Schwein auskennt.
Es braust ein Ruf wie Donnerhall:
Kreuzhimmelparlament!

* Geheimrat Kirdorf war, als Exponent der Schwerindustrie, einer der Finanziers Adolf Hitlers.

Wir brauchen eine Diktatur
viel eher als einen Staat.
Die deutschen Männer kapieren nur,
wenn überhaupt, nach Diktat.

Ihr Mannen, wie man es auch dreht,
wir brauchen zunächst einen Putsch!
Und falls Deutschland daran zugrunde geht,
juvivallera, juvivallera,
dann ist es eben futsch.

Wiegenlied für sich selber

Schlafe, alter Knabe, schlafe!
Denn du kannst nichts Klügres tun,
als dich dann und wann auf brave
Art und Weise auszuruhn.

Wenn du schläfst, kann nichts passieren ...
Auf der Straße, vor dem Haus,
gehn den Bäumen, die dort frieren,
nach und nach die Haare aus.

Schlafe, wie du früher schliefst,
als du vieles noch nicht wußtest
und im Traum die Mutter riefst.
Ja, da liegst du nun und hustest!

Schlaf und sprich wie früher kindlich:
»Die Prinzessin drückt der Schuh.«
Schlafen darf man unverbindlich.
Drücke beide Augen zu!

Mit Pauline schliefst du gestern.
Denn mitunter muß das sein.
Morgen kommen gar zwei Schwestern!
Heute schläfst du ganz allein.

Hast du Furcht vor den Gespenstern,
gegen die du neulich rangst?
Mensch, bei solchen Doppelfenstern
hat ein Deutscher keine Angst!

Hörst du, wie die Autos jagen?
Irgendwo geschieht ein Mord.
Alles will dir etwas sagen.
Aber du verstehst kein Wort ...

Sieben große und zwölf kleine
Sorgen stehen um dein Bett.
Und sie stehen sich die Beine
bis zum Morgen ins Parkett.

Laß sie ruhig stehn und lästern!
Schlafe aus, drum schlafe ein!
Morgen kommen doch die Schwestern,
und da mußt du munter sein.

Schlafe! Mache eine Pause!
Nimm, wenn nichts hilft, Aspirin!
Denn, wer schläft, ist nicht zu Hause,
und schon geht es ohne ihn.

Still! Die Nacht starrt in dein Zimmer
und beschnuppert dein Gesicht . . .
Andre Menschen schlafen immer.
Gute Nacht, und schnarche nicht!

Ansprache an Millionäre

Warum wollt ihr solange warten,
bis sie euren geschminkten Frauen
und euch und den Marmorpuppen im Garten
eins über den Schädel hauen?

Warum wollt ihr euch denn nicht bessern?
Bald werden sie über die Freitreppen drängen
und euch erstechen mit Küchenmessern
und an die Fenster hängen.

Sie werden euch in die Flüsse jagen.
Sinnlos werden dann Schrei und Gebet sein.
Sie werden euch die Köpfe abschlagen.
Dann wird es zu spät sein.

Dann wird sich der Strahl der Springbrunnen röten.
Dann stellen sie euch an die Gartenmauern.
Sie werden kommen und schweigen und töten.
Niemand wird über euch trauern.

Wie lange wollt ihr euch weiter bereichern?
Wie lange wollt ihr aus Gold und Papieren
Rollen und Bündel und Barren speichern?
Ihr werdet alles verlieren.

Ihr seid die Herrn von Maschinen und Ländern.
Ihr habt das Geld und die Macht genommen.
Warum wollt ihr die Welt nicht ändern,
bevor sie kommen?

Ihr sollt ja gar nicht aus Güte handeln!
Ihr seid nicht gut. Und auch sie sind's nicht.
Nicht euch, aber die Welt zu verwandeln,
ist eure Pflicht!

Der Mensch ist schlecht. Er bleibt es künftig.
Ihr sollt euch keine Flügel anheften.
Ihr sollt nicht gut sein, sondern vernünftig.
Wir sprechen von Geschäften.

Ihr helft, wenn ihr halft, nicht etwa nur ihnen.
Man kann sich, auch wenn man gibt, beschenken.
Die Welt verbessern *und* dran verdienen –
das lohnt, drüber nachzudenken.

Macht Steppen fruchtbar. Befehlt. Legt Gleise.
Organisiert den Umbau der Welt!
Ach, gäbe es nur ein Dutzend Weise
mit sehr viel Geld ...

Ihr seid nicht klug. Ihr wollt noch warten.
Uns tut es leid. Ihr werdet's bereuen.
Schickt aus dem Himmel paar Ansichtskarten!
Es wird uns freuen.

Misanthropologie

Schöne Dinge gibt es dutzendfach.
Aber keines ist so schön wie diese:
eine ausgesprochen grüne Wiese
und paar Meter veilchenblauer Bach.

Und man kneift sich. Doch das ist kein Traum.
Mit der edlen Absicht, sich zu läutern,
kniet man zwischen Blumen, Gras und Kräutern.
Und der Bach schlägt einen Purzelbaum.

Also das, denkt man, ist die Natur?
Man beschließt, in Anbetracht des Schönen,
mit der Welt sich endlich zu versöhnen.
Und ist froh, daß man ins Grüne fuhr.

Doch man bleibt nicht lange so naiv.
Plötzlich tauchen Menschen auf und schreien.
Und schon wieder ist die Welt zum Speien.
Und das Gras legt sich vor Abscheu schief.

Eben war die Landschaft noch so stumm.
Und der Wiesenteppich war so samten.
Und schon trampeln diese gottverdammten
Menschen wie in Sauerkraut herum.

Und man kommt, geschult durch das Erlebnis,
wieder mal zu folgendem Ergebnis:
Diese Menschheit ist nichts weiter als
eine Hautkrankheit des Erdenballs.

Anmerkung: Mancher Leser wird sich fragen, warum ein so pessimistischer Zeitgenosse wie der Verfasser nicht endlich die geistigen Waffen strecke und das Schreiben aufstecke. Nun, Paul Valéry hat gesagt: »Das zutiefst pessimistische Urteil über die Menschen, die Dinge, das Leben und seinen Wert läßt sich wunderbar vereinen mit der Tat und dem Optimismus, den diese erfordert. Das ist europäisch.«

Saldo mortale

Ein Mann, der einen Selbstmord unternahm
und den man rettete, als er schon schlief,
schrieb, als er schließlich wieder zu sich kam,
den Brief:

»Ihr Esel habt mich wieder aufgeweckt.
Ihr habt mit mir geturnt. Ich war schon tot.
Ihr habt mich krummgedrückt und langgestreckt.
Ich war schon fast hinüber, sapperlot.

Ihr habt mir meine Steuern nie bezahlt.
Ihr habt mir nie nur eine Mark geborgt.
Ich hatte einen Posten, den ihr stahlt.
Ihr habt mir keinen anderen besorgt.

Ihr habt mich überall herumgeschickt.
Ich wollte Arbeit. Doch ihr gabt sie nicht.
Ihr habt mich kalt und böse angeblickt.
Ihr spracht mit mir, wie man mit Dieben spricht.

Ihr habt mich, als ich krank war, nicht geheilt.
Ihr habt mich, wenn ich krank war, noch gekränkt.
Ihr habt euch, als ich lebte, nie beeilt!
Und meine Frau hat sich an euch verschenkt.

Ihr weckt mich auf. Woher nehmt ihr den Mut?
Ihr hieltet mich zurück. Ich wollte fort.
Wenn jemand endlich das, was *ich* tat, tut,
dann wird aus Lebensrettung Mord.

Habt ihr mich denn noch nicht genug gequält?
Soll das noch einmal losgehn Tag für Tag?
Ich denk nicht dran! Das hat mir noch gefehlt!
Ich mag nicht mehr! Warum? Weil ich nicht mag.«

Man muß nicht leben, wenn man es nicht darf.
Als er im Blatt von seiner »Rettung« las,
stieg er zum vierten Stock hinauf und warf
sich in den Hof, wo seine Tochter saß.

Die Hummermarseillaise

Das Leben ist doch bloß zum Sterben da.
O we ... o welche Lust, Soldat zu sein!
Wer sich im Schlaf noch niemals lächeln sah,
dem leuchtet ... hupp ... dem leuchtet das nicht
ein.

Ich möchte manchmal – immer möcht ich nicht –
ich möchte manchmal in die Kissen lachen.
Der Güter höchstes Übel ist die Pflicht.
Und kann man nichts dage ... dagegen machen.

Da ist noch ei ... noch eins, was ich erwäge:
Mit Vitriol einmal den Mund zu spülen.
Treib Sport, mein Volk! Trei ... treibe
Körperpflege!
Denn wer nicht hören will, muß ... will, muß
fühlen.

Oft bin ich Menschen weiblichen Geschlechts
als Hei ... als Heiliger erschienen.
Ich gab das Letzte her, nach links und rechts.
Sogar das Lager teilte ich mit ihnen.

Zehntausend Liter Leuchtgas will ich kaufen
und ... und als Vorrat in den Keller tun.
Ich werde wieder öfter Rollschuh laufen.
Im Au ... im Auto fahren wird kommun.

Ich liebe es, das Atmen zu vermeiden.
Es lohnt nicht ... hupp ... auch weiß man nicht,
wozu.
Ich frag' mich oft, warum sie uns beneiden.
Denn Geld macht arm. Und läßt uns nicht in Ruh.

Ich möchte es einmal nicht eilig haben.
Und morgen nicht zur Bö ... zur Börse gehn.
Ich möchte wie ganz ... wie ganz kleine Knaben
ganz ohne Geld vor einem Laden stehn ...

Ich will mein Kapital den Armen geben.
So ... so bin *ich*. Das ist doch edel. Wie?
In Flo ... Florenz möcht' ich von Renten leben.
Es lebe Franz von ... Franz von Assisi! Hupp!

Präludium auf Zimmer 28

Du mußt nicht gleich bei jedem Dreck erschrecken!
Daß das der Ober ist, merk ich am Schritt.
Der geht vorbei, im Speisesaal zu decken.
Da brauchst du nicht gleich alles zu verstecken!
Ich kenn den Kerl. Schmitz heißt er. Oder Schmidt.

Die Freundin *vor* dir ging mir bis zum Kinn.
Da hatte ich, wenn ich den Mund aufmachte,
im Handumdrehn das ganze Mädchen drin.
Obwohl ich sonst nicht übelnehmisch bin –
das war was, was mich zur Verzweiflung brachte!

Als ich dich sah, da schickte ich sie fort.
Denn du bist groß! Du hast Figur mit Pausen!
Vom Kopf bis dahin ... Und von da bis dort ...
Dein Körper ist ein toller Ausflugsort!
Ich liebe dich von innen und von außen.

Wozu sind Brüste von verschiedner Größe?
Die rechte, siehst du, hält mehr auf Niveau.
Links gibt es Pudding. Sei nur nicht gleich böse!
Deswegen gibst du dir noch keine Blöße.
Das war bis jetzt bei allen Frauen so.

Die Hertha – doch du kennst die Hertha nicht,
sie ist, Adresse unbekannt, verzogen –
die Hertha zeigte sich nie ohne Hemd, bei Licht,
und machte stets ein heimliches Gesicht.
Das ist verkehrt. Da fühlt man sich betrogen.

Nein, Frauen, die man lieb hat, muß man kennen.
Was man nicht sehen darf, hat keinen Zweck!
Daß du es weißt: Ich lasse immer brennen.
Die Dunkelheit benutz ich bloß zum Pennen ...
Der Spiegel steht ganz günstig über Eck.

Nur später werden wir ihn etwas drehen.
Liegst du bequem? Warum fixierst du mich?
Nur Mut, mein Schatz! Du wirst mich gleich
    verstehen.
Erst will ich mit dem Mund spazieren gehen.
Und dann ... Pardon! wie heißt du eigentlich?

Anmerkung: Die Vorliebe für große Frauen ist weit verbreitet und keinesfalls unverständlich.

Ein Hund hält Reden

Ich hab im Traum mit einem Hund gesprochen.
Erst sprach er spanisch. Denn dort war er her.
Weil ich ihn nicht verstand – das merkte er –
sprach er dann deutsch, wenn auch etwas
gebrochen.

Er sah mich ganz entsetzt die Hände falten
und sagte freundlich: »Kästner, wissen Sie,
warum die Tiere ihre Schnauze halten?«
Ich schwieg. Und war verlegen wie noch nie.

Der Hund sprach durch die Nase und fuhr fort:
»Wir können sprechen. Doch wir tun es nicht.
Und wer, außer im Traum, mit Menschen spricht,
den fressen wir nach seinem ersten Wort.«

Ich fragte ihn natürlich nach dem Grund.
(Ich glaube nichts, was man mir nicht erklärt.)
Da sagte mir denn der geträumte Hund:
»Das ist doch klar! Der Mensch ist es nicht wert,
daß man gesellschaftlich mit ihm verkehrt.«

Er hob sein Bein, sprang flink durch krumme
Gassen ...
Und so etwas muß man sich sagen lassen!

Anmerkung: Der Hund war ein Zyniker. Dieser Satz ist leider nur für ehemalige Gymnasiasten verständlich. Kurzum, die humanistische Bildung!

Bürger, schont eure Anlagen

Arbeit läßt sich schlecht vermeiden,
und sie ist der Mühe Preis.
Jeder muß sich mal entscheiden.
Arbeit zeugt noch nicht von Fleiß.

Arbeit muß es quasi geben.
Denn der Mensch besteht aus Bauch.
Arbeit ist das halbe Leben,
und die andre Hälfte auch.

Seht euch vor, bevor ihr schuftet!
Zieht euch keinen Splitter ein.
Wer behauptet, daß Schweiß duftet,
ist (ganz objektiv) ein Schwein.

Zählt die Arbeit zu den Strafen!
Wer nichts braucht, braucht nichts zu tun.
Legt euch mit den Hühnern schlafen.
Wenn es geht: pro Mann ein Huhn.

Manche geben keine Ruhe,
und sie schuften voller Wut.
Doch ihr Tun ist nur Getue,
und es kleidet sie nicht gut.

Laßt euch auf den Sofas treiben!
Gut geträumt ist halb gelacht.
Hände sind zum Händereiben.
Sprecht schon morgens: »Gute Nacht.«

Laßt die Wecker ruhig rasseln!
Zeigt dem Krach das Hinterteil.
Laßt die Moralisten quasseln.
Bietet euch nicht täglich feil.

Wozu macht ihr Karriere?
Ist die Erde denn kein Stern?
Tut, als ob stets Sonntag wäre,
denn er ist der Tag des Herrn.

Vieles tun heißt vieles leiden.
Lebt, so gut es geht, von Luft.
Arbeit läßt sich schlecht vermeiden, –
Doch wer schuftet, ist ein Schuft!

Ein Fräulein beklagt sich bitter

Ich bin sehr schön. Und bin als schön bekannt.
Fast jeder denkt bei mir an Botticelli.
Ich bin nicht hübsch. Und bin nicht intressant.
Nein, ich bin schön! Und dabei heiß ich Elli.

Sobald ich wem zum erstenmal begegne,
so wird er fromm und sieht mich reuig an,
als bäte er darum, daß ich ihn segne ...
Die Männer glauben, daß ich segnen kann.

So schön wie ich zu sein, ist kein Vergnügen.
So schön zu sein wie ich, ist eine Qual!
Die Männer wählten mich zum Ideal.
Und wen sie ausersehn, der muß sich fügen.

Man sprach mich heilig, weil man es so wollte.
Und keiner fragte, ob ich heilig sei!
Ich bin ein Mädchen, und gesund dabei,
und weiß nicht recht, warum ich fromm sein sollte.

Ja, ich bin schön! Betrachtet mich genau!
Ihr solltet nicht so edel mit mir sprechen ...
Das Frömmste ist an mir der Körperbau,
und mich zu lieben, wäre kein Verbrechen.

Macht Verse! Malt mich ab! Setzt mich in Noten!
Mir ist es recht, da es mir recht sein muß.
Doch gafft nicht nur, als wäre ich verboten!
Kein Mädchen ist zu schön für einen Kuß.

Was soll ich einsam als Profil und Akt?
Mir ist, als ob ich in der Kirche stünde.
Ich bin so schön. Noch keiner sah mich nackt.
Wo ist der Mann, der mich verwegen packt?
Daß ihr so fromm zu mir seid, das ist Sünde.

Wiegenlied väterlicherseits
(Ein Vater singt:)

Schlaf ein, mein Kind! Schlaf ein, mein Kind!
Man hält uns für Verwandte.
Doch ob wir es auch wirklich sind?
Ich weiß es nicht! Schlaf ein, mein Kind!
Mama ist bei der Tante ...

Schlaf ein, mein Kind! Sei still! Schlaf ein!
Man kann nichts Klügres machen.
Ich bin so groß. Du bist so klein.
Wer schlafen kann, darf glücklich sein.
Wer schlafen darf, kann lachen.

Nachts liegt man neben einer Frau,
die sagt: »Laß mich in Ruhe!«
Sie liebt mich nicht. Sie ist so schlau.
Sie hext mir meine Haare grau.
Wer weiß, was ich noch tue.

Schlaf ein, mein Kind! Mein Kindchen, schlaf!
Du hast nichts zu versäumen.
Man träumt vielleicht, man wär ein Graf.
Man träumt vielleicht, die Frau wär brav.
Es ist so schön, zu träumen ...

Man schuftet, liebt und lebt und frißt
und kann sich nicht erklären,
wozu das alles nötig ist!
Sie sagt, daß du mir ähnlich bist.
Mag sich zum Teufel scheren!

Der hat es gut, den man nicht weckt.
Wer tot ist, schläft am längsten.
Wer weiß, wo deine Mutter steckt!
Sei ruhig. Hab ich dich erschreckt?
Ich wollte dich nicht ängsten.

Vergiß den Mond! Schlaf ein, mein Kind!
Und laß die Sterne scheinen.
Vergiß auch mich! Vergiß den Wind!
Nun gute Nacht! Schlaf ein, mein Kind!
Und, bitte, laß das Weinen ...

Hymnus auf die Bankiers

Der kann sich freuen, der die nicht kennt!
Ihr fragt noch immer: Wen?
Sie borgen sich Geld für fünf Prozent
und leihen es weiter zu zehn.

Sie haben noch nie mit der Wimper gezuckt.
Ihr Herz stand noch niemals still.
Die Differenzen sind ihr Produkt.
(Das kann man verstehn, wie man will.)

Ihr Appetit ist bodenlos.
Sie fressen Gott und die Welt.
Sie säen nicht. Sie ernten bloß.
Sie schwängern ihr eignes Geld.

Sie sind die Hexer in Person
und zaubern aus hohler Hand.
Sie machen Gold am Telefon
und Petroleum aus Sand.

Das Geld wird flüssig. Das Geld wird knapp.
Sie machen das ganz nach Bedarf.
Und schneiden den andern die Hälse ab.
Papier ist manchmal scharf.

Sie glauben den Regeln der Regeldetri
und glauben nicht recht an Gott.
Sie haben nur eine Sympathie.
Sie lieben das Geld. Und das Geld liebt sie.
(Doch einmal macht jeder Bankrott!)

Anmerkung: Die Konsumenten sind die linke Hand des gesellschaftlichen Organismus, die Produzenten sind die rechte Hand. Die Bankiers sind die Heimlichkeiten zwischen den beiden.

Weihnachtslied, chemisch gereinigt
(Nach der Melodie: ›Morgen, Kinder, wird's was geben!‹)

Morgen, Kinder, wird's nichts geben!
Nur wer hat, kriegt noch geschenkt.
Mutter schenkte euch das Leben.
Das genügt, wenn man's bedenkt.
Einmal kommt auch eure Zeit.
Morgen ist's noch nicht soweit.

Doch ihr dürft nicht traurig werden.
Reiche haben Armut gern.
Gänsebraten macht Beschwerden.
Puppen sind nicht mehr modern.
Morgen kommt der Weihnachtsmann.
Allerdings nur nebenan.

Lauft ein bißchen durch die Straßen!
Dort gibt's Weihnachtsfest genug.
Christentum, vom Turm geblasen,
macht die kleinsten Kinder klug.
Kopf gut schütteln vor Gebrauch!
Ohne Christbaum geht es auch.

Tannengrün mit Osrambirnen –
Lernt drauf pfeifen! Werdet stolz!
Reißt die Bretter von den Stirnen,
denn im Ofen fehlt's an Holz!
Stille Nacht und heil'ge Nacht –
Weint, wenn's geht, nicht! Sondern lacht!

Morgen, Kinder, wird's nichts geben!
Wer nichts kriegt, der kriegt Geduld!
Morgen, Kinder, lernt fürs Leben!
Gott ist nicht allein dran schuld.
Gottes Güte reicht so weit ...
Ach, du liebe Weihnachtszeit!

Anmerkung: Dieses Lied wurde vom Reichsschulrat für das Deutsche Einheitslesebuch angekauft.

Ein Mann verachtet sich

Wem der Lebenslauf so recht mißlang
(und das ist der Fall im großen ganzen),
der verspürt, mit einem Mal, den Drang,
sich so schnell wie möglich fortzupflanzen.

Alles, was er plante, blieben Pläne.
Ein Jahrzehnt marschierte er an Ort.
Ach, sein Ehrgeiz hatte falsche Zähne!
Und am liebsten spülte er sich fort.

Doch er bleibt. Und geht zur Nacht spazieren.
Und in tausend Fenstern sieht er Licht.
Die dahinter werden auch verlieren!
Doch ein Trost für ihn ist das noch nicht...

Er erkennt, weil er im Dunkel steht,
seine Täuschung als die allgemeine.
Zwecklos ist, daß sich der Globus dreht!
Irgend jemand hat ihn an der Leine.

Er verzweifelt in bescheidnen Grenzen,
geht nach Hause und beschließt im Bett,
die Familie endlich zu ergänzen.
Eher hält er sich nicht für komplett.

Und dann freut er sich auf seinen Knaben.
Er, der jeden eignen Wunsch begräbt,
schwört gerührt: Der soll es besser haben!
Er belügt das Kind schon, eh es lebt.

Immer ist die Katastrophe nah.
Und aus Angst, sie könnte uns verderben,
weihen wir ihr, eh wir sterben, Erben.
Bitteschön, wer lacht denn da?

Anmerkung: Es gibt noch immer Leute, die sich einreden, sie pflanzten sich fort, um den Kindern damit eine Freude zu machen.

Jahrgang 1899

Wir haben die Frauen zu Bett gebracht,
als die Männer in Frankreich standen.
Wir hatten uns das viel schöner gedacht.
Wir waren nur Konfirmanden.

Dann holte man uns zum Militär,
bloß so als Kanonenfutter.
In der Schule wurden die Bänke leer,
zu Hause weinte die Mutter.

Dann gab es ein bißchen Revolution
und schneite Kartoffelflocken.
Dann kamen die Frauen, wie früher schon,
und dann kamen die Gonokokken.

Inzwischen verlor der Alte sein Geld,
da wurden wir Nachtstudenten.
Bei Tag waren wir büro-angestellt
und rechneten mit Prozenten.

Dann hätte sie fast ein Kind gehabt,
ob von dir, ob von mir – was weiß ich!
Das hat ihr ein Freund von uns ausgeschabt,
und nächstens werden wir Dreißig.

Wir haben sogar ein Examen gemacht
und das meiste schon wieder vergessen.
Jetzt sind wir allein bei Tag und bei Nacht
und haben nichts Rechtes zu fressen!

Wir haben der Welt in die Schnauze geguckt,
anstatt mit Puppen zu spielen.
Wir haben der Welt auf die Weste gespuckt,
soweit wir vor Ypern nicht fielen.

Man hat unsern Körper und hat unsern Geist
ein wenig zu wenig gekräftigt.
Man hat uns zu lange, zu früh und zumeist
mit der Weltgeschichte beschäftigt!

Die Alten behaupten, es würde nun Zeit
für uns zum Säen und Ernten.
Noch einen Moment. Bald sind wir bereit.
Noch einen Moment. Bald ist es soweit!
Dann zeigen wir euch, was wir lernten!

Marschliedchen

Ihr und die Dummheit zieht in Viererreihen
in die Kasernen der Vergangenheit.
Glaubt nicht, daß wir uns wundern, wenn ihr
    schreit.
Denn was ihr denkt und tut, das ist zum Schreien.

Ihr kommt daher und laßt die Seele kochen.
Die Seele kocht, und die Vernunft erfriert.
Ihr liebt das Leben erst, wenn ihr marschiert,
weil dann gesungen wird und nicht gesprochen.

Marschiert vor Prinzen, die erschüttert weinen:
Ihr findet doch nur als Parade statt!
Es heißt ja: Was man nicht im Kopfe hat,
hat man gerechterweise in den Beinen.

Ihr liebt den Haß und wollt die Welt dran messen.
Ihr werft dem Tier im Menschen Futter hin,
damit es wächst, das Tier tief in euch drin!
Das Tier im Menschen soll den Menschen fressen.

Ihr möchtet auf den Trümmern Rüben bauen
und Kirchen und Kasernen wie noch nie.
Ihr sehnt euch heim zur alten Dynastie
und möchtet Fideikommißbrot kauen.

Ihr wollt die Uhrenzeiger rückwärts drehen
und glaubt, das ändere der Zeiten Lauf.
Dreht an der Uhr! Die Zeit hält niemand auf!
Nur eure Uhr wird nicht mehr richtig gehen.

Wie ihr's euch träumt, wird Deutschland nicht
erwachen.
Denn ihr seid dumm, und seid nicht auserwählt.
Die Zeit wird kommen, da man sich erzählt:
Mit diesen Leuten war kein Staat zu machen!

Anmerkung: Wenn die Nationalsozialisten nicht durch die Nationalisten, den »Stahlhelm« und Herrn von Hindenburg unterstützt worden wären, hätte die jüngstvergangene Weltgeschichte anders ausgesehen.

Fantasie von übermorgen

Und als der nächste Krieg begann,
da sagten die Frauen: Nein!
und schlossen Bruder, Sohn und Mann
fest in der Wohnung ein.

Dann zogen sie, in jedem Land,
wohl vor des Hauptmanns Haus
und hielten Stöcke in der Hand
und holten die Kerls heraus.

Sie legten jeden übers Knie,
der diesen Krieg befahl:
die Herren der Bank und Industrie,
den Minister und General.

Da brach so mancher Stock entzwei.
Und manches Großmaul schwieg.
In allen Ländern gab's Geschrei,
und nirgends gab es Krieg.

Die Frauen gingen dann wieder nach Haus,
zum Bruder und Sohn und Mann,
und sagten ihnen, der Krieg sei aus!
Die Männer starrten zum Fenster hinaus
und sahn die Frauen nicht an ...

Die andere Möglichkeit

Wenn wir den Krieg gewonnen hätten,
mit Wogenprall und Sturmgebraus,
dann wäre Deutschland nicht zu retten
und gliche einem Irrenhaus.

Man würde uns nach Noten zähmen
wie einen wilden Völkerstamm.
Wir sprängen, wenn Sergeanten kämen,
vom Trottoir und ständen stramm.

Wenn wir den Krieg gewonnen hätten,
dann wären wir ein stolzer Staat
und preßten noch in unsern Betten
die Hände an die Hosennaht.

Die Frauen müßten Kinder werfen.
Ein Kind im Jahre. Oder Haft.
Der Staat braucht Kinder als Konserven.
Und Blut schmeckt ihm wie Himbeersaft.

Wenn wir den Krieg gewonnen hätten,
dann wär der Himmel national.
Die Pfarrer trügen Epauletten.
Und Gott wär deutscher General.

Die Grenze wär ein Schützengraben.
Der Mond wär ein Gefreitenknopf.
Wir würden einen Kaiser haben
und einen Helm statt einem Kopf.

Wenn wir den Krieg gewonnen hätten,
dann wäre jedermann Soldat.
Ein Volk der Laffen und Lafetten!
Und ringsherum wär Stacheldraht!

Dann würde auf Befehl geboren.
Weil Menschen ziemlich billig sind.
Und weil man mit Kanonenrohren
allein die Kriege nicht gewinnt.

Dann läge die Vernunft in Ketten.
Und stünde stündlich vor Gericht.
Und Kriege gäb's wie Operetten.
Wenn wir den Krieg gewonnen hätten –
zum Glück gewannen wir ihn nicht!

Anmerkung: Dieses Gedicht, das nach dem Weltkrieg »römisch Eins« entstand, erwarb sich damals, außer verständlichen und selbstverständlichen Feindschaften, auch unvermutete Feinde. Das »zum Glück« der letzten Zeile wurde für eine Art Jubelruf gehalten und war doch eine sehr, sehr bittere Bemerkung. Nun haben wir schon wieder einen Krieg verloren, und das Gedicht wird noch immer mißverstanden werden.

Festlied für Skat-Turniere

Immer, wenn im Deutschen Reiche
der ersehnte Abend naht,
tut man weit und breit das gleiche:
Man drischt Skat.

Vor dem Schlafen, nach dem Essen,
in Vereinen und privat,
auf der Bahn und zu Kongressen:
Man drischt Skat.

Kartenmischen, Fingerspreizen,
Bier und Würstchen mit Salat,
Null ouvert und Zahlenreizen:
Man drischt Skat.

Um die Achtel, um die Groschen,
mittels eures Drangs zur Tat
wird in einem fort gedroschen:
Und zwar Skat.

Langsam reifen kühne Pläne.
Mit Geschrei führt ihr sie aus.
Sieben, achte, neune, zehne,
Unter, Ober, König, Daus!

Draußen wackeln die Konzerne.
Und es wackelt schon der Staat!
Doch ihr schweift nicht in die Ferne.
Ihr drescht Skat.

Ach, was habt ihr bloß im Kopfe?
Wasser kocht bei hundert Grad.
Deutschland hallt von dem Geklopfe.
Ihr klopft Skat.

Manchmal knirschen euch die Zähne.
Manchmal rüttelt ihr am Haus.
Doch ihr zählt euch selber aus:
»Sieben, achte, neune, zehne,
Unter, Ober, König, Daus!«

Kurt Schmidt, statt einer Ballade

Der Mann, von dem im weiteren Verlauf
die Rede ist, heißt Schmidt (Kurt Schm., komplett).
Er stand, nur sonntags nicht, früh 6 Uhr auf
und ging allabendlich Punkt 8 zu Bett.

10 Stunden lag er stumm und ohne Blick.
4 Stunden brauchte er für Fahrt und Essen.
9 Stunden stand er in der Glasfabrik.
1 Stündchen blieb für höhere Interessen.

Nur sonn- und feiertags schlief er sich satt.
Danach rasierte er sich, bis es brannte.
Dann tanzte er. In Sälen vor der Stadt.
Und fremde Fräuleins wurden rasch Bekannte.

Am Morgen fing die nächste Strophe an.
Und war doch immerzu dasselbe Lied!
Ein Jahr starb ab. Ein anderes begann.
Und was auch kam, nie kam ein Unterschied.

Um diese Zeit war Schmidt noch gut verpackt.
Er träumte nachts manchmal von fernen Ländern.
Um diese Zeit hielt Schmidt noch halbwegs Takt
und dachte: Morgen kann sich alles ändern.

Da schnitt er sich den Daumen von der Hand.
Ein Frl. Brandt gebar ihm einen Sohn.
Das Kind ging ein. Trotz Pflege auf dem Land.
(Schmidt hatte 40 Mark als Wochenlohn.)

Die Zeit marschierte wie ein Grenadier.
In gleichem Schritt und Tritt. Und Schmidt lief mit.
Die Zeit verging. Und Schmidt verging mit ihr.
Er merkte eines Tages, daß er litt.

Er merkte, daß er nicht alleine stand.
Und daß er doch allein stand, bei Gefahren.
Und auf dem Globus, sah er, lag kein Land,
in dem die Schmidts nicht in der Mehrzahl waren.

So war's. Er hatte sich bis jetzt geirrt.
So war's, und es stand fest, daß es so blieb.
Und er begriff, daß es nie anders wird.
Und was er hoffte, rann ihm durch ein Sieb.

Der Mensch war auch bloß eine Art Gemüse,
das sich und dadurch andere ernährt.
Die Seele saß nicht in der Zirbeldrüse.
Falls sie vorhanden war, war sie nichts wert.

9 Stunden stand Schmidt schwitzend im Betrieb.
4 Stunden fuhr und aß er, müd und dumm.
10 Stunden lag er, ohne Blick und stumm.
Und in dem Stündchen, das ihm übrigblieb,
bracht' er sich um.

Elegie nach allen Seiten

Die bunten Astern winken durch die Gitter.
Die Gärten schminken sich. Das Jahr ist alt.
Der Herbst stimmt nur die Optimisten bitter.
Normale Menschen läßt er kalt.

Die Blätter an den Bäumen kann man zählen.
An manchen Zweigen schaukeln nur noch drei.
Der Wind wird kommen und auch diese stehlen.
Er stiehlt und findet nichts dabei.

Ein blinder Mann verkauft verwelkte Rosen.
Er kann nicht sehen, wie verwelkt sie sind.
Auf einer Bank, umringt von Arbeitslosen,
sitzt singend ein vergnügtes Kind.

Im Pflaster zittern Pfützen aus der Frühe.
Das Himmelblau ist wieder repariert.
Die Sonne scheint. Sie gibt sich große Mühe.
Man merkt die Absicht, und man friert.

Ein alter Mann, welcher vorüberwandelt,
spricht mit sich selber wie ein Wiederkäuer.
Es klingt, als ob er mit dem Tod verhandelt.
Wahrscheinlich ist der Sarg zu teuer.

Die Blätter flattern wie die Schmetterlinge.
Die Straße glüht und leuchtet und verfällt.
Der Herbst beschert uns den Verfall der Dinge
und dieses Mal auch den Verfall der Welt.

Das ist ein Jahr, da möchte alles sterben!
Die Welt verliert das Laub und den Verstand.
Der Winter und die Dummheit sind die Erben.
Und was sich Hoffnung nannte, wird verbrannt.

Vom andern Straßenufer wehen Lieder.
Das ist die Heilsarmee. Man singt zu sechst.
Die Blätter wachsen eines Tages wieder.
Doch ob auch die Vernunft von neuem wächst?

Das Führerproblem, genetisch betrachtet

Als Gott am ersten Wochenende
die Welt besah, und siehe, sie war gut,
da rieb er sich vergnügt die Hände.
Ihn packte eine Art von Übermut.

Er blickte stolz auf seine Erde
und sah Tuberkeln, Standard Oil und Waffen.
Da kam aus Deutschland die Beschwerde:
»Du hast versäumt, uns Führer zu erschaffen!«

Gott war bestürzt. Man kann's verstehn.
»Mein liebes deutsches Volk«, schrieb er zurück,
»es muß halt ohne Führer gehn.
Die Schöpfung ist vorbei. Grüß Gott. Viel Glück.«

Nun standen wir mit ohne da,
der Weltgeschichte freundlichst überlassen.
Und: Alles, was seitdem geschah,
ist ohne diesen Hinweis nicht zu fassen.

Knigge für Unbemittelte

Ans deutsche Volk, von Ulm bis Kiel:
Ihr eßt zu oft! Ihr eßt zuviel!
Ans deutsche Volk, von Thorn bis Trier:
Ihr seid zu faul! Zu faul seid ihr!

Und wenn sie euch den Lohn entzögen!
Und wenn der Schlaf verboten wär!
Und wenn sie euch so sehr belögen,
daß sich des Reiches Balken bögen!
Seid höflich und sagt Dankesehr.

Die Hände an die Hosennaht!
Stellt Kinder her! Die Nacht dem Staat!
Euch liegt der Rohrstock tief im Blut.
Die Augen rechts! Euch geht's zu gut.

Ihr sollt nicht denken, wenn ihr sprecht!
Gehirn ist nichts für kleine Leute.
Den Millionären geht es schlecht.
Ein neuer Krieg käm ihnen recht.
So macht den Ärmsten doch die Freude!

Ihr seid zu frech und zu begabt!
Seid taktvoll, wenn ihr Hunger habt!
Rasiert euch besser! Werdet zart!
Ihr seid kein Volk von Lebensart.

Und wenn sie euch noch tiefer stießen
und würfen Steine hinterher!
Und wenn sie euch verhaften ließen
und würden nach euch Scheibe-schießen!
Sterbt höflich und sagt Dankesehr.

Mädchens Klage
(Dem Wohnungsamt gewidmet)

Wir wohnen Hinterhaus. Im vierten Stock.
Ich kriege schon die ersten Achselhaare.
Mein Bruder will mir manchmal untern Rock.
Und nächsten Juli bin ich vierzehn Jahre.

Wir haben bloß ein Zimmer, wo wir schlafen,
und trotzdem einen fest möblierten Herrn.
Der ähnelt sonntags einem schönen Grafen.
Und gibt mir Geld. Da tut man manches gern.

Herr Lehrer Günther könnte mir gefallen.
Beim Turnen zieh ich drunter nicht viel an.
Erst gestern sagte er den andern allen,
wie gut ich mit den Keulen schwingen kann ...

Wenn wir Herrn Günther bei uns wohnen hätten!
Geld oder so was nähm ich von ihm keins.
Wir lägen nachts fast in denselben Betten,
und Ostern kriegte ich in »Sittlichkeit« die Eins!

Wenn ich bei uns zuhaus am Fenster sitze
und auf die Straße sehe, ist das weit!
Da spuck ich dann nach der Laternenspitze.
Und wenn mein Bruder mitspuckt, gibt es Streit.

Wenn niemand da ist, hab ich meine Ruh
und lese in der Bibel von der Liebe.
Vorgestern kam die Mutter grad dazu.
Sie fragte diesmal gar nicht, was ich triebe.
Mitunter fragt sie nämlich, was ich tu.
Dann setzt es Hiebe.

Anmerkung: Das Gedicht bezieht sich auf die »normale« Wohnungsnot vor 1930. Die Folgen der Wohnungsnot nach dem Hitlerkrieg sind, auch bei sehr kühner Phantasie, nicht absehbar.

Offener Brief an Angestellte

Vorgesetzte muß es geben.
Angestellte müssen sein.
Ordnung ist das halbe Leben.
Brust heraus und Bauch hinein!

Vorgesetzte tragen feiste
Bäuche unter dem Jackett.
Feist ist an dem Pack das meiste,
und sie gehn nur quer ins Bett.

Sie sind fett aus Überzeugung.
Und der bloße Anblick schon
zwingt uns andre zur Verbeugung.
Korpulenz wird Religion!

In den runden Händen halten
sie Zigarren schußbereit.
Jede ihrer Prachtgestalten
wirkt, als wäre sie zu zweit.

Manche sagen (wenn auch selten),
sie verstünden unsre Not.
Und wir kleinen Angestellten
schmieren uns den Quatsch aufs Brot.

Atemholen sei nicht teuer,
sagen sie, und nahrhaft auch!
Und dann hinterziehn sie Steuer
und beklopfen sich den Bauch.

Nagelt ihnen auf die Glatzen
kalten Braten und Coupons!
Blast sie auf, und wenn sie platzen!
Gibt es schönre Luftballons?

Laßt sie steigen und sich blähen,
über Deutschland, hoch im Wind!
Bis sie alles übersehen,
weil sie Aufsichtsräte sind.

Wenn sie eines Tags verrecken,
stopft sie aus und weckt sie ein!
Tiere kann man damit necken,
Kinder kann man damit schrecken,
aber euch? Ich hoffe: Nein!

Patriotisches Bettgespräch

Hast du, was in der Zeitung stand, gelesen?
Der Landtag ist mal wieder sehr empört
von wegen dem Geburtenschwund gewesen.
Auch ein Minister fand es unerhört.

Auf tausend Deutsche kämen wohl pro Jahr
gerade 19 Komma 04 Kinder.
04! Und sowas hält der Mann für wahr!
Daß das nicht stimmen kann, sieht doch ein
Blinder.

Die Kinder *hinterm* Komma können bloß
von ihm und anderen Ministern stammen.
Und solcher Dezimalbruch wird mal groß!
Und tritt zu Ministerien zusammen.

Nun frag ich dich: Was kümmert das den Mann?
Er tut, als käm er für uns auf und nieder.
Es geht ihn einen feuchten Kehricht an!
Mir schläft der Arm ein. So. Nun geht es wieder.

Geburtenrückgang, hat er noch gesagt,
sei, die Geschichte lehrt es, Deutschlands Ende,
und deine Fehlgeburt hat er beklagt.
Und daß er, daß man abtreibt, gräßlich fände.

Jawohl, wir sollen Kinder fabrizieren.
Fürs Militär. Und für die Industrie.
Zum Löhnesenken. Und zum Kriegverlieren!
Sieh dich doch vor. Ach so, das war dein Knie.

Na komm, mein Schatz. Wir wollen ihm eins
husten.
Dein Busen ist doch wirklich noch famos.
Ob unsre Eltern, was wir wissen, wußten ...
Wer nicht zur Welt kommt, wird nicht arbeitslos.

Der Kinderreichtum ist kein Kindersegen.
Deck uns schön zu. Ich bild mir ein, es zieht.
Komm, laß uns den Geburtenrückgang pflegen!
Und lösch die Lampe aus. Des Landtags wegen.
Damit er es nicht sieht.

Ball im Osten: Täglich Strandfest

Lauter Engel in Trikots.
Lauter Brüste und Popos.
Ohne Halt und Barriere,
folgend dem Gesetz der Schwere,
hängt die Schönheit bis zum Knie.
Und beim Tanzen zittert sie.

Jeder Tisch hat Telefon.
Und da läutet es auch schon.
Was sie sagt, klingt recht gewöhnlich.
Später kommt sie ganz persönlich.
Und sie drückt dich zielbewußt
an die kuhstallwarme Brust.

Nach der Tour schleppt sie dich gar
Auf ein Sofa in die Bar.
Ach, die Frau ist schlecht vergittert,
und du siehst, womit sie zittert.
Ungewollt blickst du ihr tief
bis in ihr Geheimarchiv.

Sinnlich beißt sie dich ins Ohr,
säuft Likör und knöpft dich vor.
Nichts am Manne ist ihr heilig.
Was sie hat, das hat sie eilig.
Als du, zu diskretem Zweck,
rauswillst, läßt sie dich nicht weg.

Oben auf der Galerie
sei es dunkel, flüstert sie.
Und sie schürzt die Hemigloben,
nickt dir zu und klimmt nach oben.
Deutscher Jüngling, scher dich fort!
Stürz nach Hause! Treibe Sport!

Anmerkung: Das Gedicht hat nur noch historische Bedeutung. Das Tragen von Trikots in Vergnügungslokalen wurde später, wohl zur Behebung der Arbeitslosigkeit, von der Regierung verboten.

Schicksal eines stilisierten Negers

Er war, weil Adelheid nicht ruhte
und weil sie wie am Spieße schrie,
mit ihr (und später ohne sie)
im Speisesaal auf der Redoute.

Er ging als stilisierter Neger
mit einer Art von Lendenschurz.
Der war ihm überall zu kurz
Und eigentlich ein Bettvorleger.

Er war kein Freund von Maskenbällen.
Er war bedrückt. Und staunte stumm.
Und stand, wie man in solchen Fällen
herumzustehen pflegt, herum.

Er lehnte meistenteils an Säulen.
Die Frauen kamen, Mann für Mann,
und sahen sich den Neger an.
Und kriegten auf den Busen Beulen.

Sie machten ihm enorm zu schaffen.
Mit Wein und Weib. Auch mit Gesang.
Sein Schurz war, wie gesagt, nicht lang,
und sie durchsuchten ihn nach Waffen.

Sie lockten ihn an dunkle Stellen
und zwangen ihn zu dem und dem.
Er war kein Freund von Maskenbällen
und fand es riesig unbequem.

Die eine wollte gar nicht weichen,
obwohl sie sah, wie sehr er litt,
und nahm sein Lendenschürzchen mit.
Sie sagte nur: »Als Lesezeichen ...«

Das hätte sie nicht machen sollen!
Er hatte angebornen Takt,
verließ, sofort und völlig nackt,
den Ball – und ist seitdem verschollen.

Wie der Lokal-Anzeiger glaubt,
hat ihn, zwecks unerlaubten Zwecken,
ein Mädchenpensionat geraubt!
Dort wird man ihn schon gut verstecken.

Chor der Fräuleins

Wir hämmern auf die Schreibmaschinen.
Das ist genau, als spielten wir Klavier.
Wer Geld besitzt, braucht keines zu verdienen.
Wir haben keins. Drum hämmern wir.

Wir winden keine Jungfernkränze mehr.
Wir überwanden sie mit viel Vergnügen.
Zwar gibt es Herrn, die stört das sehr.
Die müssen wir belügen.

Zweimal pro Woche wird die Nacht
mit Liebelei und heißem Mund,
als wär man Mann und Frau, verbracht.
Das ist so schön! und außerdem gesund.

Es wär nicht besser, wenn es anders wäre.
Uns braucht kein innrer Missionar zu retten!
Wer murmelt düster von verlorner Ehre?
Seid nur so treu wie wir, in *euren* Betten!

Nur wenn wir Kinder sehn, die lustig spielen
und Bälle fangen mit Geschrei
und weinen, wenn sie auf die Nase fielen –
dann sind wir traurig. Doch das geht vorbei.

Ragout fin de siècle

Hier können kaum die Kenner
in Herz und Nieren schauen.
Hier sind die Frauen Männer.
Hier sind die Männer Frauen.

Hier tanzen die Jünglinge selbstbewußt
im Abendkleid und mit Gummibrust
und sprechen höchsten Diskant.
Hier haben die Frauen Smokings an
und reden tief wie der Weihnachtsmann
und stecken Zigarren in Brand.

Hier stehen die Männer vorm Spiegel stramm
und schminken sich selig die Haut.
Hier hat man als Frau keinen Bräutigam.
Hier hat jede Frau eine Braut.

Hier wurden vor lauter Perversion
Vereinzelte wieder normal.
Und käme Dante in eigner Person –
er fräße vor Schreck Veronal.

Hier findet sich kein Schwein zurecht.
Die Echten sind falsch, die Falschen sind echt,
und alles mischt sich im Topf,
und Schmerz macht Spaß, und Lust zeugt Zorn,
und oben ist unten, und hinten ist vorn.
Man greift sich an den Kopf.

Von mir aus, schlaft euch selber bei!
Und schlaft mit Drossel, Fink und Star
und Brehms gesamter Vogelschar!
Mir ist es einerlei.

Nur schreit nicht dauernd wie am Spieß,
was ihr für tolle Kerle wärt!
Bloß weil ihr hintenrum verkehrt,
seid ihr noch nicht Genies.

Na ja, das wäre dies.

Die Zunge der Kultur reicht weit

Die Zunge der Kultur reicht weit!
Wohin sie sich erstreckt,
da wird der Mensch nebst seiner Zeit
so lang wie hoch und weit und breit
von der Kultur beleckt.

Oh, daß sie tausend Zungen hätte!
Noch gibt es Neger ohne Uhr
und Dörfer ohne Operette
und Eskimos ohne – Pardon! – Klosette.
Die Zunge raus, Kultur!

Noch gibt es Frauen, die den Nabel zeigen
und ohne Kleid und Scham spazierengehn.
Noch gibt es Männer, die im Dunkeln geigen,
und Leute, die, selbst wenn sie dumm sind,
schweigen.
Man kann das kaum verstehn ...

Denn wir stell'n unsre Kinder künstlich her
und unsre Nahrung in Tablettenform.
Das Altern kennen wir nicht mehr.
Bouillon mit Ei gewinnen wir aus Teer.
Kurzum: Es ist enorm!

Der Straßenkehrer braucht das Abitur
und muß belesen sein in Schund und Schmutz.
Da denkt man manchmal: Die Kultur,
sie kann uns am –! Sie soll uns nur –!
Sie ist dazu imstand und tut's.

Helden in Pantoffeln

Auch der tapferste Mann, den es gibt,
schaut mal unters Bett.
Auch die nobelste Frau, die man liebt,
muß mal aufs Klosett.

Wer anläßlich dieser Erklärung
behauptet, das sei Infamie,
der verwechselt Heldenverehrung
mit Mangel an Phantasie.

Anmerkung: »Die Mannschaften reden sich noch immer darauf hinaus, daß sie bei dem sehr schnellen Fahren der Autos des Generalkommandos nicht sehen können, ob jemand darin sitzt oder nicht. Deswegen wird angeordnet, daß die Mannschaften die Autos in jedem Fall zu grüßen haben, gleichgültig, ob jemand darin sitzt oder nicht.« (Befehl des 1. Bayr. Armeekorps, 1917).

Nähe Waldfriedhof

Männer stolperten stumm durch den Wald.
Kiefernnadeln fielen auf ihre Zylinder.
Die Gehröcke glänzten. Sie waren alt.
Männer stolperten stumm durch den Wald.
Wie zu groß geratene Kinder.

Der schwarze Leichenwagen fuhr
zwischen den Bäumen langsam nach Haus.
Nun lag der Leichnam in der Natur,
und der leere schwarze Wagen fuhr
wieder aus ihr heraus.

Ein Mann blieb an einem der Stämme stehen.
Schuld dran war die viel zu lange Predigt.
Er wippte verlegen auf seinen Zehen
und konnte sich selber nicht recht verstehen.
Dann war auch Das erledigt.

Er rannte hinter den Andern her,
jenem Baumstamm zu entfliehn.
Als ob gar nichts gewesen wär,
und tief bekümmert sagte er:
»Schade um ihn.«

Die Andern nickten streng und alt.
In ihren Ohren klang Chorgesang.
Der Himmel sah aus wie feuchter Asphalt.
Die Männer stolperten stumm durch den Wald
ins Restaurant.

Gespräch in der Haustür

Am Dienstag brauchst du nicht auf mich zu warten.
Du frierst ... Es zieht ... Du hast fast gar nichts an ...
Ja – meine Frau hat für den ›Freischütz‹ Karten.
Was tut man nicht als braver Ehemann!

Nun siehst du aus, als wolltest du gleich weinen.
Ob mich hier jemand, der mich kennt, erkennt?
Es sind so viele Leute auf den Beinen.
Ich sag dir doch: Ich schlaf von ihr getrennt!

Nun weinst du wirklich! Und da soll ich gehen ...
Wenn du hinaufkommst, ist das Zimmer leer.
Ich weiß: Du wirst dann noch am Fenster stehen.
Ich hab dich lieb. Doch machst du dir's zu schwer.

Hier, nimm mein Taschentuch. Wie kalt dein Arm ist!
Gut wär's, wenn sie und ich das Kind nicht hätten. –
Und leg dich gleich! Sag ... ob das Bett noch warm ist?
Doch lüfte erst. Es roch nach Zigaretten.

Es heißt, den Mörbitz würde sie besuchen.
Weißt du, mit dem wir sie im »Eden« sahn!
Und wenn du Kaffeetrinken gehst, iß Kuchen!
Leb wohl, mein Kind! Dort kommt die
Straßenbahn.

Und deck die Brüstchen zu! Sonst frieren sie.
Und träum von mir, und mach dir keine Sorgen.
Gutnacht, mein Kind! Ich hab dich lieb, und wie!
Gutnacht, mein Kind! Die Miete schick ich
morgen!

Mathilde, aber eingerahmt

Es lebe das Großreinemachen!
Man findet, wenn man säubert und siebt,
Briefe und Bilder und andere Sachen,
Die es eigentlich gar nicht mehr gibt.

Vorgestern hab ich über zwei Stunden
in meinen Schreibtischfächern gekramt.
Ganz unten links hab ich dich gefunden:
Visitformat, schwarz eingerahmt.

Ein Bild von dir mit sieben Jahren.
In einem Kieler Matrosenkleid.
Mit hohen Stiefeln und langen Haaren.
Ich dachte: Gott, vergeht die Zeit.

Als wir uns kannten, ach Mathilde,
warst du bereits dreimal so alt
wie auf dem kleinen alten Bilde
und dientest mir als Aufenthalt.

Ich sah dem Foto in die Augen.
Dein Kinderblick war treu und echt.
Wann fingst du an, nichts mehr zu taugen?
Als wir uns kannten, warst du schlecht.

Als kleines Mädchen gut und milde,
mit zwanzig Jahren ein Stück Mist!
Hast du dich je gefragt, Mathilde,
wie es dazu gekommen ist?

Du lagst mir damals auf der Tasche,
bei andern Herrn lagst du im Bett.
Ich soff den Kognak aus der Flasche
und wurde langsam zum Skelett.

Ich lernte heimlich Scheibe-schießen.
Ich lag die Nächte ohne Schlaf.
Es kam zu keinem Blutvergießen.
Du gingst, eh ich ins Schwarze traf.

Auf das, was war, fiel Staub und Puder.
Vorbei. Ich will nichts mehr von dir.
Jedoch dein Kinderbild, du Luder,
das stell ich morgen aufs Klavier.

Hotelsolo für eine Männerstimme

Das ist mein Zimmer und ist doch nicht meines.
Zwei Betten stehen Hand in Hand darin.
Zwei Betten sind es. Doch ich brauch nur eines.
Weil ich schon wieder mal alleine bin.

Der Koffer gähnt. Auch mir ist müd zu Mute.
Du fuhrst zu einem ziemlich andren Mann.
Ich kenn ihn gut. Ich wünsch dir alles Gute.
Und wünsche fast, du kämest niemals an.

Ich hätte dich nicht gehen lassen sollen!
(Nicht meinetwegen. Ich bin gern allein.)
Und doch: Wenn Frauen Fehler machen wollen,
dann soll man ihnen nicht im Wege sein.

Die Welt ist groß. Du wirst dich drin verlaufen.
Wenn du dich nur nicht allzu weit verirrst ...
Ich aber werd mich heute nacht besaufen
und bißchen beten, daß du glücklich wirst.

Eine Animierdame stößt Bescheid

Ich sitze nachts auf hohen Hockern,
berufen, Herrn im Silberhaar
moralisch etwas aufzulockern.
Ich bin der Knotenpunkt der Bar.

Sobald die Onkels Schnaps bestellen,
rutsch ich daneben, lad mich ein
und sage nur: »Ich heiße Ellen.
Laßt dicke Männer um mich sein!«

Man darf mich haargenau betrachten.
Mein Oberteil ist schlecht verhüllt.
Ich habe nur darauf zu achten,
daß man die Gläser wieder füllt.

Wer über zwanzig Mark verzehrt,
der darf mir in die Seiten greifen
und (falls er solcherlei begehrt)
mich in die beßre Hälfte kneifen.

Selbst wenn mich Einer Hure riefe,
obwohl ich etwas Beßres bin,
das ist hier Alles inklusive
und in den Whiskys schon mit drin.

So sauf ich Schnaps im Kreis der Greise
und nenne dicke Bäuche Du
und höre, gegen kleine Preise,
der wachsenden Verkalkung zu.

Und manchmal fahr ich dann mit einem
der Jubelgreise ins Hotel.
Vergnügen macht es zwar mit keinem.
Es lohnt sich aber finanziell.

Falls freilich Einer glauben wollte,
mir könne Geld im Bett genügen,
also: Wenn ich die Wahrheit sagen sollte,
müßt ich lügen!

Monolog in der Badewanne

Da liegt man nun, so nackt, wie man nur kann,
hat Seife in den Augen, welche stört,
und merkt, aufs Haar genau: Man ist ein Mann.
Mit allem, was dazugehört.

Es scheint, die jungen Mädchen haben recht,
wenn sie – bevor sie die Gewohnheit packt –
der Meinung sind, das männliche Geschlecht
sei kaum im Hemd erträglich. Und gar nackt!

Glücklicherweise steht's in ihrer Hand,
das, was sie stört, erfolgreich zu verstecken. –
So früh am Tag, und schon soviel Verstand!
Genug, mein Herr! Es gilt, sich auszustrecken.

Da liegt man, ohne Portemonnaie und Hemd,
und hat am ganzen Leibe keine Taschen.
Ganz ohne Anzug wird der Mensch sich fremd ...
Da träumt man nun, anstatt den Hals zu waschen.

Der nackte Mensch kennt keine Klassenfrage.
Man könnte, falls man Tinte hätte, schreiben:
»Ich kündige. Auf meine alten Tage
will ich in meiner Badewanne bleiben.«

Da klingelt es. Das ist die Morgenzeitung.
Und weil man nicht, was nach dem Tod kommt,
kennt,
schreibt man am besten in sein Testament:
»Legt mir ins kühle Grab Warmwasserleitung!«

Polly oder das jähe Ende

Sie war am ganzen Körper blond,
soweit sie Härchen hatte.
Bis zum Betthimmel reichte ihr Horizont.
Ihre Seele war wie aus Watte.

Sie griff sich an wie teurer Velours
von der allerzartesten Sorte.
Sie war eine waagerechte Natur
und marschierte am liebsten am Orte.

Sie hatte den Mund auf dem rechten Fleck
und viele andere Schwächen.
Sie war das geborene Männerversteck,
zerbrechlich, doch nicht zu zerbrechen.

Noch ehe man klopfte, rief sie Herein
und fand die Natur ganz natürlich.
Doch manchmal wurde sie handgemein –
ich fürchte, ich bin zu ausführlich!

Wie dem auch sei, sie starb zum Schluß
(obwohl sich das nicht schickte)
bei einem komplizierten Kuß,
an welchem sie erstickte.

Das war sehr peinlich für den Mann.
Er pfiff, soviel ich glaube:
»Rasch tritt der Tod den Menschen an.«
Dann machte er sich aus dem Staube.

Moralische Anatomie

Da hat mir kürzlich und mitten im Bett
eine Studentin der Jurisprudenz erklärt:
Jungfernschaft sei, möglicherweise, ganz nett,
besäß aber kaum noch Sammlerwert.

Ich weiß natürlich, daß sie nicht log.
Weder als sie das sagte,
noch als sie sich kenntnisreich rückwärtsbog
und nach meinem Befinden fragte.

Sie hatte nur Angst vor dem Kind.
Manchmal besucht sie mich noch.
An der Stelle, wo andre moralisch sind,
da ist bei ihr ein Loch . .

Herr im Herbst

Nun wirft der Herbst die Blätter auf den Markt.
Na ja, das mußte wohl so kommen.
Und Lehmanns Tochter hat man eingesargt.
Hat die ein Glück gehabt, genaugenommen ...

Das Jahr wird alt und zieht den Mantel an.
Der Bettler vis-à-vis hat keinen.
So ist das Leben. Es ist nicht viel dran.
Frau'n können lachen, denn sie dürfen weinen.

Wozu die Blätter bunt sind, wenn sie fallen?
Na ja, man muß nicht alles wissen wollen.
Mir geht's nicht gut. Und ähnlich geht es allen.
Sogar die Drüsen sind geschwollen!

Wer kommt denn dort aus meinem Haus?
Ach, das ist Paul. Ob ich ihn rufe?
Er sieht etwas wie seine Schwester aus.
Wahrscheinlich: Achtung, Zwischenstufe!

Das ist ein Wetter, um drin zu ersaufen.
So was von Regen war noch gar nicht da.
Paar neue Schuhe müßte ich mir kaufen ...
Und Haarschneidenlassengehen muß ich auch.
Na ja.

Zeitgenossen, haufenweise

Es ist nicht leicht, sie ohne Haß zu schildern,
und ganz unmöglich geht es ohne Hohn.
Sie haben Köpfe wie auf Abziehbildern
und, wo das Herz sein müßte, Telefon.

Sie wissen ganz genau, daß Kreise rund sind
und Invalidenbeine nur aus Holz.
Sie sprechen fließend, und aus diesem Grund sind
sie Tag und Nacht – auch sonntags – auf sich stolz.

In ihren Händen wird aus allem Ware.
In ihrer Seele brennt elektrisch Licht.
Sie messen auch das Unberechenbare.
Was sich nicht zählen läßt, das gibt es nicht!

Sie haben am Gehirn enorme Schwielen,
fast als benutzten sie es als Gesäß.
Sie werden rot, wenn sie mit Kindern spielen.
Die Liebe treiben sie programmgemäß.

Sie singen nie (nicht einmal im August)
ein hübsches Weihnachtslied auf offner Straße.
Sie sind nie froh und haben immer Lust
und denken, wenn sie denken, durch die Nase.

Sie loben unermüdlich unsre Zeit,
ganz als erhielten sie von ihr Tantiemen.
Ihr Intellekt liegt meistens doppelt breit.
Sie können sich nur noch zum Scheine schämen.

Sie haben Witz und können ihn nicht halten.
Sie wissen vieles, was sie nicht verstehn.
Man muß sie sehen, wenn sie Haare spalten!
Es ist, um an den Wänden hochzugehn.

Man sollte kleine Löcher in sie schießen!
Ihr letzter Schrei wär noch ein dernier cri.
Jedoch, sie haben viel zuviel Komplicen,
als daß sie sich von uns erschießen ließen.
Man trifft sie nie.

Nekrolog für den Maler E. H.

Ach, er war ein guter Maler,
doch ein schlechter Steuerzahler.

Denn sein Bilderstapel stand
still mit dem Gesicht zur Wand.

Einsam war der Mann und bald
fünfundvierzig Jahre alt.

Und er wagte nicht mehr, offen
auf sein bißchen Glück zu hoffen.

Schulden, die er nie bezahlte,
saßen rings im Atelier.
Sinnlos war es, daß er malte!
Und sein Leben tat ihm weh.

Als er keinen Mut mehr hatte,
stopfte er zerpflückte Watte
in die Tür- und Fensterspalten,
um das Zimmer dichtzuhalten.

Danach schrieb er ein paar Briefe
zur Erklärung der Motive.

Und im weiteren Verlauf
drehte er den Gashahn auf.

Krank und müde vom Getue
um die goldne Gunst der Welt,
setzte er sich nun zur Ruhe,
wenn auch ohne Ruhegeld.

Eine Woche saß die Leiche
ungestört in ihrem Reiche.

Bis der Herr Portier erschien.
Denn nur der vermißte ihn.

Paar Bekannte standen stumm
später um das Grab herum.

Ohne Blechmusik und Predigt
wurde hier der Rest erledigt.

Alle Augen blieben trocken.
Hinterher im Stammcafé
fragte Einer ganz erschrocken:
»Wer nimmt nun das Atelier?«

Legende, nicht ganz stubenrein

Weihnachten vergangnen Jahres
(17 Uhr präzise) war es:
Daß der liebe Gott nicht, wie gewöhnlich,
den Vertreter Ruprecht runterschickte,
sondern er besuchte uns persönlich.
Und erschrak, als er die Welt erblickte.

Er beschloß dann doch, sich aufzuraffen.
Schließlich hatte er uns ja geschaffen!
Und er schritt (bewacht von Detektiven
des bewährten Argus-Institutes,
die, wo er auch hinging, mit ihm liefen)
durch die Städte und tat nichts als Gutes.

Gott war nobel, sah nicht auf die Preise,
und er schenkte, dies nur beispielsweise,
den Ministersöhnen Dampfmaschinen
und den Kindern derer, die im Jahre
mehr als 60000 Mark verdienen,
Autos, Boote – lauter prima Ware.

Derart reichten Gottes Geld und Kasse
abwärts bis zur zwölften Steuerklasse.
Doch dann folgte eine große Leere.
Und die Deutsche Bank gab zu bedenken,
daß sein Konto überzogen wäre.
Und so konnte er nichts weiter schenken.

Gott ist gut. Und weiß es. Und wahrscheinlich
war ihm die Geschichte äußerst peinlich.
Deshalb sprach er, etwa zehn Minuten,
zu drei sozialistisch eingestellten
Journalisten, die ihn interviewten,
von der Welt als bester aller Welten.

Und die Armen müßten nichts entbehren,
wenn es nur nicht so viele wären!
Die Reporter nickten auf und nieder.
Und Gott brachte sie bis ans Portal.
Und sie fragten: »Kommen Sie bald wieder?«
Doch er sprach: »Es war das letzte Mal.«

Aktuelle Albumverse

I

Köpfe abschlagen ist nicht sehr klug.
die Stecknadel, der man den Kopf abschlug,
fand, der Kopf sei völlig entbehrlich,
und war nun vorn und hinten gefährlich.

II

Die Hühner fühlten sich plötzlich verpflichtet,
statt Eiern Apfeltörtchen zu legen.
Die Sache zerschlug sich. Und zwar weswegen?
Das Huhn ist auf Eier eingerichtet.
(So wurde schon manche Idee vernichtet.)

III

Unerhörte Geldbeträge
braucht man für die Arbeitskräfte!
Lohn ist nichts als Armenpflege
und verdirbt bloß die Geschäfte.

Zitat aus großer Zeit
(Etwas für Stammtische)

Ein Pastor, der in der Heimat klebte,
sagte seinerzeit ungefähr:
»Wenn unser Herr Jesus heute lebte,
bediente er ein Maschinengewehr!«

Kann keiner des Pastors Adresse besorgen?
Weiß sie denn niemad? Wo wohnt der Mann?
Wenn ich es wüßte, – ich führe noch morgen
zu ihm und böte ihm Ohrfeigen an.

Wir müßten Kette vor seinem Haus stehn!
Hier unsre Hände, dort sein Gesicht.
Sie können meinen Vorschlag nicht ausstehn?
Er ist nicht fein? Nein, fein ist er nicht.

Sie glauben, der Ausspruch sei nie gefallen,
sondern erfunden oder entstellt?
Das schlimmste an diesen Zitaten allen
ist, daß man sie für möglich hält.

Die Ballade vom Herrn Steinherz

Herr Steinherz aus Kecskemet stand dicht vorm
Bankrott
und war entschlossen, rasch und freiwillig zu
sterben,
und seiner Frau, durch ein klug erdachtes
Komplott,
300 000 Pengö in bar zu vererben.
Wie er das machte, wurde zwar später entdeckt.
Aber daß er es fertigbrachte, verdient sozusagen
Respekt.

Zunächst erwarb er sich fünf Versicherungspolicen.
Dann suchte er einen, mit dem sich reden ließ,
daß er ihm hülfe, den Lebenslauf abzuschließen.
So fand er den Tapezierer, der Fischl hieß.
Herr Steinherz sagte, daß er dem, der ihn töte,
5000 Dollar (hinterher zahlbar) anböte.

Fischl meinte, ein Mord sei 'ne schwierige Sache.
Doch Steinherz besorgte ihm anatomische Bücher,
damit er, anhand der Bilder, Studien mache.
Und einen Hammer brachte er mit. Und auch
Tücher.
Denn möglicherweise, sprach Steinherz, würde er
schrein,
dann könnten die Tücher, als Knebel, recht nützlich
sein.

Sie fuhren dann miteinander nach Budapest.
Sie aßen zusammen und gingen zusammen aus.
Herr Steinherz kaufte noch rasch für den letzten
Rest
seines Gelds einen Mantel für Fischl im Warenhaus.
Heimwärts gab Steinherz dem andern das Honorar
in Form einer Zahlungsanweisung an einen Notar.

Der Fischl hob im Abteil den Hammer und schlug.
Die Tücher brauchte er nicht, denn Herr Steinherz
blieb stumm.
Nach dem neunten Schlag hatte er endlich genug
und sank mit völlig zerhämmertem Schädel um.
Ein Schaffner sah den sterbenden Menschen liegen.
Der Mörder war mittlerweile ausgestiegen.

Der Sterbende log. Er log bis zum letzten Moment,
damit man den fliehenden Mörder nicht etwa fände.
Herr Steinherz starb und war bis zuletzt
konsequent:
Er log, und das war ein Fehler, noch *nach* seinem
Ende!
Die Dollars, die Fischl verlangte, gab's überhaupt
nicht.
Er konnte nicht fliehn. Er stellte sich dem
Gericht.

Der eine Mann liegt nun in Ketten, der andre im
Sarg.
Und die Versicherungen möchten gern wissen,
ob sie 300000 Pengö (das sind 200000 Mark)
der Frau des toten Herrn Steinherz auszahlen
müssen.
Mord auf Bestellung ist Schwindel und doch wieder
echt!
Sie werden schon zahlen. Herr Steinherz ist tot und
hat recht.

Anmerkung: Diese Episode aus dem Privatleben der Wirtschaftskrise beruht auf Tatsachen.

Warnung vor Selbstschüssen

Diesen Rat will ich Dir geben:
Wenn Du zur Pistole greifst
und den Kopf hinhältst und kneifst,
kannst Du was von mir erleben!

Weißt wohl wieder mal geläufig,
was die Professoren lehren?
Daß die Guten selten wären
und die Schweinehunde häufig?

Ist die Walze wieder dran,
daß es Arme gibt und Reiche?
Mensch, ich böte Deiner Leiche
noch im Sarge Prügel an!

Laß doch Deine Neuigkeiten!
Laß doch diesen alten Mist!
Daß die Welt zum Schießen ist,
wird kein Konfirmand bestreiten.

Man ist da. Und man bleibt hier!
Möchtest wohl mit Püppchen spielen?
Hast Du wirklich Lust zum Zielen,
ziele bitte nicht nach Dir.

War Dein Plan nicht: irgendwie
alle Menschen gut zu machen?
Morgen wirst Du drüber lachen.
Aber, bessern kann man sie.

Ja, die Bösen und Beschränkten
sind die Meisten und die Stärkern.
Aber spiel nicht den Gekränkten.
Bleib am Leben, sie zu ärgern!

Inschrift auf einem sächsisch-preußischen Grenzstein

Wer hier vorübergeht, verweile!
Hier läuft ein unsichtbarer Wall.
Deutschland zerfällt in viele Teile.
Das Substantivum heißt: Zerfall.

Was wir hier stehngelassen haben,
das ist ein Grabstein, daß ihr's wißt!
Hier liegt ein Teil des Hunds begraben,
auf den ein Volk gekommen ist.

Anmerkung: Solche Grenzsteine gibt es. Die Inschrift ist natürlich nur ein Vorschlag.

Und wo bleibt das Positive, Herr Kästner?

Und immer wieder schickt ihr mir Briefe,
in denen ihr, dick unterstrichen, schreibt:
»Herr Kästner, wo bleibt das Positive?«
Ja, weiß der Teufel, wo das bleibt.

Noch immer räumt ihr dem Guten und Schönen
den leeren Platz überm Sofa ein.
Ihr wollt euch noch immer nicht dran gewöhnen,
gescheit und trotzdem tapfer zu sein.

Ihr braucht schon wieder mal Vaseline,
mit der ihr das trockne Brot beschmiert.
Ihr sagt schon wieder, mit gläubiger Miene:
»Der siebente Himmel wird frisch tapeziert!«

Ihr streut euch Zucker über die Schmerzen
und denkt, unter Zucker verschwänden sie.
Ihr baut schon wieder Balkons vor die Herzen
und nehmt die strampelnde Seele aufs Knie.

Die Spezies Mensch ging aus dem Leime
und mit ihr Haus und Staat und Welt.
Ihr wünscht, daß ich's hübsch zusammenreime,
und denkt, daß es dann zusammenhält?

Ich will nicht schwindeln. Ich werde nicht
schwindeln.
Die Zeit ist schwarz, ich mach euch nichts weis.
Es gibt genug Lieferanten von Windeln.
Und manche liefern zum Selbstkostenpreis.

Habt Sonne in sämtlichen Körperteilen,
und wickelt die Sorgen in Seidenpapier!
Doch tut es rasch. Ihr müßt euch beeilen.
Sonst werden die Sorgen größer als ihr.

Die Zeit liegt im Sterben. Bald wird sie begraben.
Im Osten zimmern sie schon den Sarg.
Ihr möchtet gern euren Spaß dran haben? ...
Ein Friedhof ist kein Lunapark.

Anmerkung: Die Frage danach, wo das Positive bleibt, wurde und wird den Satirikern immer wieder gestellt. Der obige Versuch zu antworten stammt aus dem Jahre 1930.

Große Zeiten

Die Zeit ist viel zu groß, so groß ist sie.
Sie wächst zu rasch. Es wird ihr schlecht
bekommen.
Man nimmt ihr täglich Maß und denkt beklommen:
So groß wie heute war die Zeit noch nie.

Sie wuchs. Sie wächst. Schon geht sie aus den
Fugen.
Was tut der Mensch dagegen? Er ist gut.
Rings in den Wasserköpfen steigt die Flut.
Und Ebbe wird es im Gehirn der Klugen.

Der Optimistfink schlägt im Blätterwald.
Die guten Leute, die ihm Futter gaben,
sind glücklich, daß sie einen Vogel haben.
Der Zukunft werden sacht die Füße kalt.

Wer warnen will, den straft man mit Verachtung.
Die Dummheit wurde zur Epidemie.
So groß wie heute war die Zeit noch nie.
Ein Volk versinkt in geistiger Umnachtung.

Ein Traum macht Vorschläge

Ich träume – man kann das ja ruhig gestehen – fast
nie.
Ich schlafe lieber, sobald ich liege.
Aber kürzlich hab ich trotzdem geträumt, wissen
Sie.
Und zwar vom kommenden Kriege.

Aus den Gräbern krochen Millionen Männer
hervor
(lauter Freiwillige, wie eine Stimme betonte),
die hoben ihre Gewehre zur Schulter empor
und prüften, wen zu erschießen sich lohnte.

Sie kamen einander entgegen, fertig zum Schuß und
stumm ...
Doch da schrie eine Stimme, als wäre jemand in
Not!
Da drehten die Männer, wie auf Kommando, die
Flinten herum
und schossen sich selber tot.

Sie fielen um in endlosen Reihn.
Ich träume doch eigentlich nie ...
Und wer mag das nur gewesen sein,
der so schrie?

Das ohnmächtige Zwiegespräch

Der Chronist spricht:

Zur Macht gelangt nur, wer die Macht begehrt.
Ihm winkt sie zu. Ihm gibt sie dunkle Zeichen.
Und ihm befiehlt sie, eh sie ihm gehört:
»Stell unser Bett auf einen Berg von Leichen!«
Die Macht liebt den, der sie entehrt.
Denn sie ist eine Hure ohnegleichen.
Sie liebt die Mörder, und sie schläft mit Dieben.
Schaut in die Bücher. Dort steht's aufgeschrieben!

Und dann blickt hoch und von den Büchern fort!
Die alte Hure ist sich treu geblieben.
Noch immer liebt sie Gaunerei und Mord
und schläft wie einst mit Räubern und mit Dieben.
Sie beugt das Recht. Sie bricht ihr Wort.
Und immer gibt es Männer, die das lieben.
Das heilige Gesetz, nach dem sie leben,
ist alt und heißt: Wer hat, dem wird gegeben.

Seht ihr die Wolke, die am Himmel schwimmt?
Dahinter, sagt man, würden Engel schweben,
und alles, was man euch auf Erden nimmt,
das würde man euch droben wiedergeben.
Die Mächtigen beschwören, daß es stimmt.
Drum nehmt euch, eh man es euch nimmt, das
Leben!
Vielleicht könnt ihr zu guter Letzt als Leichen,
was euch als Lebenden mißlang, erreichen.

Der Fragesteller meint:

Willst du diesen Spott nicht lassen?
Wickle dich nicht in Geduld.
Seine Gegner soll man hassen!
Ihr seid alt und habt die Schuld.

Weshalb ließt ihr denn den Tröpfen
und den Räubern die Gewalt?
Ihr mit euren Denkerköpfen,
ihr seid schuld. Nun seid ihr alt.

Wer nur redet und nicht handelt,
redet dumm und handelt schlecht.
Erst wenn ihr die Welt verwandelt,
seid ihr klug und habt ihr recht.

Wir sind jung und wollen wissen:
Weshalb habt ihr denn die Macht
nicht und nie an euch gerissen
und die Läuterung vollbracht?

Standet ihr denn stets daneben?
Habt ihr weiter nichts erreicht
als ein ziemlich langes Leben
und den Bart, den ihr euch streicht?

Der Chronist entgegnet:

Du willst die Dummheit stürzen und dem Geist
die Macht, obwohl er sie nicht mag, verleihen?
Du willst, daß man der Macht die Macht entreißt?
Die Welt von der Gewalt befreien heißt,
die Welt von den Gewaltigen befreien!

Drum jage dein Gewissen fort.
Es kann das Schießen nicht vertragen.
Du liebst die Menschen bis zum Mord?
Wirf dein Gewissen über Bord.
Ich weiß Bescheid und darf das sagen.

Du willst versuchen, was wir längst versuchten.
Es war uns nicht genug, daß wir die Macht
und ihre Kerle kunstgerecht verfluchten
und im Register unsrer Zeit verbuchten.
Wir wollten mehr. Wir haben mehr vollbracht.

Im Jahre 1940 waren
die Herrn der Erde wieder mal soweit.
Sie litten an zu vielen Friedensjahren,
zogen die Völker heftig an den Haaren
und brauchten wieder eine große Zeit.

Man ließ verschiedne Gegensätze klaffen,
weil so ein Schlachtfest Gründe haben muß.
Man gab den Völkern die modernsten Waffen,
ließ beides an die Landesgrenzen schaffen,
und etwas später fiel der erste Schuß.

Er traf, in Rom, den englischen Gesandten.
Der zweite Schuß traf Frankreichs Feldmarschall.
Der dritte traf den spanischen Infanten.
Es starben auch sechs Waffenlieferanten.
Man hörte die neun Schüsse überall.

Die Herrn der Erde stotterten Befehle.
Die Völker sahn sich unentschlossen an
und wollten sich noch immer an die Kehle.
Da fielen zweiundzwanzig Generäle!
Der Krieg war aus, bevor der Krieg begann.

Die Völker ließen ihre Waffen liegen.
Sie fuhren heim und waren wieder frei.
Das war der kürzeste von allen Kriegen.
Zweihundert Männer, mutig und verschwiegen,
gewannen ihn. Und ich war auch dabei.

Zweihundert Mann hatten den Krieg verboten.
Und sie bezahlten, wie sich das gehört.
Sie zahlten bar, mit dreiundachtzig Toten.
Die andern sind gesund zurückgekehrt. ...

Der Fragesteller fragt:

Das war der Krieg, den ihr gewannt.
Mehr war euch leider nicht beschieden.
Das war ein Krieg, den ihr gewannt.
Warum gewannt ihr nicht den Frieden?

Der Chronist antwortet:

Weil die Vernunft nicht allzu oft gewinnt!
Denn auch die Menschheit folgt Naturgesetzen.
Und ich befürchte, daß sie ewig sind.
Wer sie verbessern will, muß sie verletzen.

Man darf die Völker ins Verderben hetzen,
weil das den Regeln ihrer Welt entspricht.
Doch sich der Bosheit hilfreich widersetzen,
das darf man nicht!

Der Krieg war aus. Wir waren nichts mehr wert.
Wir hatten viel getan und nichts verwandelt.
Die Macht liebt den, der sie entehrt.
Und auch der Mensch liebt den, der ihn
    mißhandelt.

Der Fragesteller behauptet:

Was euch mißlang, wird uns gelingen.
Das Ziel, das wir erreichen werden, heißt:
Die Welt zu ihrem Glück zu zwingen!

Was sollen denn die Güte und der Geist,
wenn sich ihr Wesen nur an denen,
die selber gut und weise sind, erweist?

Das Glück der Welt, das wir so sehr ersehnen,
wird durch die Sehnsucht nicht erreicht.
Das Glück der Menschheit kostet Blut und Tränen!

Der Chronist resümiert:

Du liebst die Menschen nicht. Du hast es leicht.

Ein Kubikkilometer genügt

Ein Mathematiker hat behauptet,
daß es allmählich an der Zeit sei,
eine stabile Kiste zu bauen,
die tausend Meter lang, hoch und breit sei.

In diesem einen Kubikkilometer
hätten, schrieb er im wichtigsten Satz,
sämtliche heute lebenden Menschen
(das sind zirka zwei Milliarden!) Platz!

Man könnte also die ganze Menschheit
in eine Kiste steigen heißen
und diese, vielleicht in den Kordilleren,
in einen der tiefsten Abgründe schmeißen.

Da lägen wir dann, fast unbemerkbar,
als würfelförmiges Paket.
Und Gras könnte über die Menschheit wachsen.
Und Sand würde daraufgeweht.

Kreischend zögen die Geier Kreise.
Die riesigen Städte stünden leer.
Die Menschheit läg in den Kordilleren.
Das wüßte dann aber keiner mehr.

Das letzte Kapitel

Am 12. Juli des Jahres 2003
lief folgender Funkspruch rund um die Erde:
daß ein Bombengeschwader der Luftpolizei
die gesamte Menschheit ausrotten werde.

Die Weltregierung, so wurde erklärt, stelle fest,
daß der Plan, endgültig Frieden zu stiften,
sich gar nicht anders verwirklichen läßt,
als alle Beteiligten zu vergiften.

Zu fliehen, wurde erklärt, habe keinen Zweck.
Nicht eine Seele dürfe am Leben bleiben.
Das neue Giftgas krieche in jedes Versteck.
Man habe nicht einmal nötig, sich selbst zu
entleiben.

Am 13. Juli flogen von Boston eintausend
mit Gas und Bazillen beladene Flugzeuge fort
und vollbrachten, rund um den Globus sausend,
den von der Weltregierung befohlenen Mord.

Die Menschen krochen winselnd unter die Betten.
Sie stürzten in ihre Keller und in den Wald.
Das Gift hing gelb wie Wolken über den Städten.
Millionen Leichen lagen auf dem Asphalt.

Jeder dachte, er könne dem Tod entgehen.
Keiner entging dem Tod, und die Welt wurde leer.
Das Gift war überall. Es schlich wie auf Zehen.
Es lief die Wüsten entlang. Und es schwamm übers
Meer.

Die Menschen lagen gebündelt wie faulende
Garben.
Andre hingen wie Puppen zum Fenster heraus.
Die Tiere im Zoo schrien schrecklich, bevor sie
starben.
Und langsam löschten die großen Hochöfen aus.

Dampfer schwankten im Meer, beladen mit Toten.
Und weder Weinen noch Lachen war mehr auf der
Welt.
Die Flugzeuge irrten, mit tausend toten Piloten,
unter dem Himmel und sanken brennend ins Feld.

Jetzt hatte die Menschheit endlich erreicht, was sie
wollte.
Zwar war die Methode nicht ausgesprochen human.
Die Erde war aber endlich still und zufrieden und
rollte,
völlig beruhigt, ihre bekannte elliptische Bahn.

Anmerkung: Das Gedicht, das vor etwa fünfzehn Jahren entstanden ist, enthält vermutlich eine sachliche Unrichtigkeit. Der Verfasser hat sich wohl im Datum geirrt.

Bücher von Erich Kästner

Als ich ein kleiner Junge war
Bei Durchsicht meiner Bücher
Doktor Erich Kästners
lyrische Hausapotheke
Drei Männer im Schnee
Die dreizehn Monate
Fabian
Gesang zwischen den Stühlen
Herz auf Taille
Die kleine Freiheit
Der kleine Grenzverkehr
Kurz und bündig
Lärm im Spiegel
Ein Mann gibt Auskunft
Notabene 45
Die Schule der Diktatoren
Der tägliche Kram
Die verschwundene Miniatur
Der Zauberlehrling

Erich Kästner im dtv

»Erich Kästner ist ein Humorist in Versen, ein gereimter Satiriker, ein spiegelnder, figurenreicher, mit allen Dimensionen spielender Ironiker ... ein Schelm und Schalk voller Melancholien.«
Hermann Kesten

Bibliothek der Erstausgaben im dtv

Herausgegeben von
Joseph Kiermeier-Debre

Gotthold Ephraim Lessing
Nathan der Weise
dtv 2600 · DM 8,-

Friedrich Schiller
Die Räuber
dtv 2601 · DM 8,-

Johann Wolfgang Goethe
Die Leiden des jungen Werthers
dtv 2602 · DM 6,-

Novalis
Heinrich von Ofterdingen
dtv 2603 · DM 10,-

Heinrich von Kleist
Michael Kohlhaas
dtv 2604 · DM 6,-

Joseph Freiherr von Eichendorff
Aus dem Leben eines Taugenichts
dtv 2605 · DM 6,-

Georg Büchner
Danton's Tod
dtv 2606 · DM 6,-

Annette von Droste-Hülshoff
Die Judenbuche
dtv 2607 · DM 6,-

Adalbert Stifter
Brigitta
dtv 2608 · DM 6,-

Frank Wedekind
Frühlings Erwachen
dtv 2609 · DM 6,-

Gotthold Ephraim Lessing
Minna von Barnhelm
dtv 2610 · DM 6,-

Friedrich Schiller
Maria Stuart
dtv 2611 · DM 8,-

Johann Wolfgang Goethe
West-oestlicher Divan
dtv 2612 · DM 8,-

E.T.A. Hoffmann
Der goldene Topf
dtv 2613 · DM 8,-

Heinrich Heine
Buch der Lieder
dtv 2614 · DM 12,-

Franz Grillparzer
Der arme Spielmann
dtv 2615 · DM 6,-

Eduard Mörike
Mozart auf der Reise nach Prag
dtv 2616 · DM 6,-